MW01016623

●曹文轩 著

根鸟

曹文轩纯美小说系列

江苏少年儿童出版社

在巴西利亚　摄影：董占顺

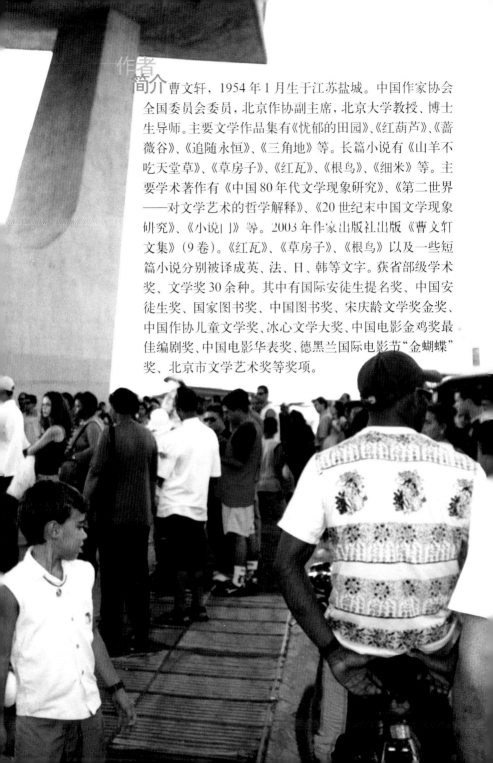

作者
简介曹文轩，1954年1月生于江苏盐城。中国作家协会全国委员会委员，北京作协副主席，北京大学教授、博士生导师。主要文学作品集有《忧郁的田园》、《红葫芦》、《蔷薇谷》、《追随永恒》、《三角地》等。长篇小说有《山羊不吃天堂草》、《草房子》、《红瓦》、《根鸟》、《细米》等。主要学术著作有《中国80年代文学现象研究》、《第二世界——对文学艺术的哲学解释》、《20世纪末中国文学现象研究》、《小说门》等。2003年作家出版社出版《曹文轩文集》(9卷)。《红瓦》、《草房子》、《根鸟》以及一些短篇小说分别被译成英、法、日、韩等文字。获省部级学术奖、文学奖30余种。其中有国际安徒生提名奖、中国安徒生奖、国家图书奖、中国图书奖、宋庆龄文学奖金奖、中国作协儿童文学奖、冰心文学大奖、中国电影金鸡奖最佳编剧奖、中国电影华表奖、德黑兰国际电影节"金蝴蝶"奖、北京市文学艺术奖等奖项。

内容提要

　　一个少女到悬崖上采花，掉进了峡谷。她出现在一个叫根鸟的少年的梦里。根鸟出发了，一飞冲天，去寻找属于自己的梦。荒漠、草原、大山、村落、峡谷、小镇……一个个场景奇异而玄妙。根鸟成长在现实与梦幻之间，他决定以梦为马，度过他的成长阶段。恍惚、迷乱、摇摆、清醒、执著、一往无前，他在痛苦中品尝着快乐。

　　这是一部迷人的、梦幻般的小说，它让人在梦幻中游走，在真实中体验人性。

目　录

第一章 菊 坡

1

整整一个上午过去了,根鸟连一只麻雀都未能打到。

根鸟坚持着背着猎枪,拖着显然已经很沉重的双腿,摆出一副猎人的架势,依然煞有介事地在林子里转悠着,寻觅着。那对长时间睁大着的眼睛,尽管现在还是显得大大的,但目光实际上已经十分疲倦了。此刻,即使有什么猎物出现在他的视野,他也未必能够用目光将它发现和锁定。他的行走,已经很机械,脚下被踩的厚厚的落叶,发出一阵阵单调而枯燥的声响。

这座老林仿佛早已生命绝迹,不过就是一座空空的老林罢了。下午的阳光,倒是十分明亮。太阳在林子的上空,耀眼无比地悬挂着。阳光穿过树叶的空隙照下来时,犹如利箭,一支一支地直刺阴晦的空间,又仿佛是巨大的天河,千疮百孔,一股股金白色的流水正直泻而下。

天空竟然没有一只飞鸟。整个世界仿佛已归于沉寂。

根鸟想抬头去望望天色，但未能如愿，茂密的树叶挡住了他的视野。他终于找到了一个较大的空隙，然后尽可能地仰起脖子，朝上方望去。本来就很高大的杉树，此时显得格外高大，一柱柱的，仿佛一直长到天庭里去了。阳光随着树叶在风中摇晃，像无数飘动的金箔，在闪闪烁烁。他忽然感到了一阵晕眩，把双眼闭上了。然后，他把脑袋低垂下来。过了一阵，他才敢把眼睛睁开。他终于觉得自己已经疲倦得不能再走动了，只好顺着一棵大树的树干，像突然抽去了骨头一般，滑溜下去，瘫坐在树根下。

从远处看，仿佛树根下随便扔了一堆衣服。

根鸟迷迷糊糊地睡去了。

老林依旧寂寞。风在梢头走动，沙沙声只是加重了寂寞。

根鸟似乎是被一股凉气包围而突然醒来的。他揉了揉双眼，发现太阳已经大大地偏西了。他十分懊恼：难道今天要空手回去吗？

十四岁的根鸟，今天是第一回独自一人出来打猎。

他本来是带了一个让他兴奋的愿望走进这座老林的：我要以我的猎物，让父亲，让整个菊坡人大吃一惊。早晨，他扛着猎枪走出菊坡时，一路上都能感受到人们的目光里含着惊奇、疑惑和善意的嘲笑。“根鸟，你是一个人去打猎吗？”几个比他要小的小孩，跟在他屁股后面追问。他没有回头瞧他们一眼，也没有作出任何回答，依然往前走他的路——就像父亲一样，迈着猎人特有的步伐。

可是直到现在，他甚至连一根鸟的羽毛都没有发现。

他立即从树根下站了起来。他一定要在太阳落下去之前打到猎物，哪怕是一只秃尾巴的、丑陋的母山鸡！但他的步伐显然不再是猎人的步伐了。猎人的步伐是轻盈的,从地面走过时,就仿佛是水一般的月光从地面滑过。猎人的步伐是敏捷的、机警的、不着痕迹的。此刻,他已失去了耐心,脚步快而混乱,落叶被踩得沙沙乱响,倒好像自己成了一个被追赶的猎物了。

有一阵,根鸟甚至忘记了自己是在寻觅猎物,只是在林子里漫无目标地走着。他的心思居然飘荡开去,想起了一些与打猎毫不相关的事情。疲软的脚步,只是向这个世界诉说着,老林里有一颗生命在无力地移动。当根鸟终于想起自己是在寻觅猎物时,他看到了进一步偏西的太阳。于是,他预感到了今天的结局将是很无趣的。

但,根鸟依然坚持着他的寻觅。

当他的注意力将再一次因疲倦而涣散时,一道明亮的白光,忽然在他头顶上如闪电一样划过,使他惊了一下。他抬头望去,只见蓝如湖水的天上,飞着一只鹰——一只白色的鹰。

老林因为这只鹰,而顿生活气。

这是根鸟大半天来看到的惟一的动物。他的精神为之一振,双目如挑掉灯花的油灯,刷地亮了。

鹰不是他的猎物,但它却激活了他的神经。他因为它的翱翔,而浑身一下注满了力量。

根鸟从未见过,甚至也从未听说过鹰有白色的。因此,它的出现,还使根鸟感到了一份诡秘,甚至是轻微的恐怖。它的出现,又似乎是非常突然的,并不是由远而近的,就在那一瞬间,毫无缘由地就从虚空中出现了。根鸟觉得这座老林更加幽深与荒古。他心中有了想回转的意思。但这点意思又一下子不能确定起来,因为那只鹰很让他心动与迷惑。

鹰在天空下展着双翅,像一张巨大的白纸在空气中飘荡,又像是一片孤独的白云在飘移。阳光洒在它的背上，使它镶了一道耀眼而高贵的金边。有一阵，它飞得很低，低得使根鸟清晰地看到了那些在气流中掀动着的柔软的羽毛。

鹰牵引着根鸟。当它忽然滑向天空的一侧，被林子挡住身影时，根鸟甚至感到了一种空虚。他用目光去竭力寻找着，希望能够再次看到它。它合着他的希望，像一只风筝得了好的风力，又慢慢地升浮到他的头顶。这使他感到了一种失而复得的喜悦。

鹰将根鸟牵引到了林间的一个湖泊的边上。

一直被树林不住地遮挡住视线的根鸟，顿觉豁然开朗。

那湖泊水平如镜，倒映着天空与岸边的白杨树。空气因为它，而变得湿润。根鸟感到了一种惬意的凉爽。这时，他看到了倒映在湖泊中的鹰。它在天空中盘旋，使根鸟产生一种错觉：鹰在水中。当有微风吹皱湖水时，那白色变成虚幻的一团，仿佛绿水中漫散着白色。等风去水静，那模糊的白色，又变成了一只轮廓清晰的鹰。

这鹰就一直飞翔在根鸟的视野里，仿佛有一根线连接着根鸟，使它不能远去。

鹰忽高忽低地飞了一阵，终于落在湖边一棵枯死的老树上。它慢慢地收拢着翅膀。它一动不动地立在一根褐色的树枝上，脑袋微微向着天空。

这是一副神鸟的样子。

根鸟在草地上坐下，就一直看着它。他觉得这只鹰好奇怪：它为什么总在我的头顶上飞翔呢？当他终于想起他是被鹰所牵引、是他自己来到了湖边时，他对自己有点生气了：你还两手空空呢！这时，他希望那只鹰是一只野鸡，或是一只其他什么可以作为猎物的鸟。他下意识地端起枪，将枪口对准了鹰。

鹰似乎看到了他的枪口,但,它却动也不动。

根鸟有点恼火了:这鹰也太不将他放在眼里了。有那么一瞬间,他真想扣动扳机,即使不对准它,也可以至少吓唬它一下。他甚至想到了咣的一声枪响之后那鹰失魂落魄地飞逃时的样子——那样子全无一点鹰的神气。

根鸟决心不再去关心这只鹰。他拎着枪,站了起来。他要沿着湖边走过去,看一看他能否在湖边的草丛与灌木丛里碰到运气。令人不可思议的是,当他走出去一段路后,那只鹰从枯枝上起飞,又飞临到他的视野里。这使根鸟心生一个让他心惊肉跳的疑惑:这鹰莫不是将我看成了它的猎物?他的眼前便出现鹰从天空俯冲而下捕捉草地上的野兔或者是捕捉水中大鱼的情景:那兔子企图逃跑,但最终也未能逃脱得了鹰的利爪而被压住、被拖向天空,那鱼在空中甩着尾巴,抖下一片水珠……想到此,根鸟既感到这只鹰的可笑,同时还有对鹰敢于蔑视他的愤怒,当然还夹杂着一丝独自一人被一只巨鹰所盯上的恐惧。

鹰并没有俯冲下来,只是在他的视野里作了长时间的飞翔之后,漂亮地斜滑而下,落在根鸟面前的一个长满青草的土丘上。

根鸟可以清清楚楚地看到这只鹰了:它像清寒的春风中的最后一团晶莹的雪;它的脖子强劲有力,脖子上的一圈淡紫的羽毛在阳光下闪着金属一般的亮光,显出一番王者气派;当它的脑袋微微低垂时,它的嘴,像一枚悬挂在海洋中的黑色鱼钩;它的两条腿犹如两根粗细适当的钢筋,它们撑起了一个矫健的形象。

根鸟最后看到了鹰的眼睛。像所有鹰的眼睛一样,那里头有一种令人不寒而栗的凶恶。

他再一次举起了枪，将枪口对准了它。他的心中确实有枪杀它的欲望，但他迟迟没有扣动扳机，因为他仍不想将鹰当成他的猎物。"这该死的鹰，还不快走！"他收起了枪，但他随即大叫了一声。

鹰并未因为他的恐吓而飞起，依然立于土丘之上。

根鸟转过身，朝着另一个方向走去。剩下的时间实在不多了，他必须抓紧。他不能空手而归。他带着一种侥幸心理：也许就在天黑之前，会突然碰到猎物。随着太阳的西移，天气格外清凉。根鸟将枪背在肩上，并且耸了耸肩，重新振作起来。他感觉到自己又能够聚精会神了。

他忘记了那只鹰。

天光渐渐暗淡，湖水的颜色渐渐变深，梢头的风也渐渐变得有力。远山传来了阴森森的狼嚎声。

几乎就要完全失望的根鸟，终于发现距离他五十米远的一块岩石上蹲着一只兔子。那兔子的颜色几乎与岩石无法分辨，但还是被根鸟那双渴望与机警的眼睛看到了。这也许是今天惟一的机会了，根鸟必须小心翼翼，不要让这惟一的机会丢失掉。他蹲下来，然后匍匐在草丛里，慢慢地朝岩石爬去。他必须要在最有效的距离内扣动扳机。

那只兔子自以为任何人也无法发现它，蹲在岩石上朝天空作一种可笑的观望，然后用双爪反复地给自己洗脸。洗了一阵，还歪着脑袋朝水中的影子看了看。它仿佛看到了自己的同类，做出一种要扑下去与其嬉闹的姿势。

根鸟停止爬行，慢慢支撑起身体。他找到了一种最佳的姿势之后，将枪管一点一点地抬起，对准了那只兔子。他没有立即开枪，而是很耐心地瞄准着，惟恐失误。他终于认为他的姿势与枪口的高度都已达到最可靠的程度,将手指放到扳机上。这时,他能听见的,只有扑通扑通的心跳。他的手有点发颤,但还是牢牢地托住了枪托,扣动扳机的手也在逐渐施加压力。正当他就要扣动扳机时,那只鹰忽然如幽灵一般又出现了,并且如一块银色的铁皮一般,从空中直削下来。那只兔子一惊,吱的一声惊叫,随即跃起,跳进草丛里仓惶逃窜了。

根鸟气急败坏,把本来对准兔子的枪口对准了鹰。

鹰居然落下了,就落在那只兔子刚才蹲着的那块岩石上,并且将脑袋对着草丛中的根鸟。

根鸟看了一眼天色,知道今天的结果已不可能再改变了,不禁怒火中烧,突然站起身来,将枪口牢牢地对准了那只鹰,随着一声"这可恶的鹰",扣动了扳机。

一声震耳欲聋的枪响之后,是一团蓝色的火花。那鹰猛烈震动了一下,摇晃着倒在岩石上。

根鸟摸了摸发烫的枪管,望着岩石上的鹰:它既像一堆水沫,又像是一块被风鼓动着的白布。他忽然觉得心里有点难过,但在嘴中说:"这不能怪我,是你自找的!"

太阳已躲到林子的背后去了,余辉从西方反射,将天空变成金红色。

根鸟将枪背到肩上。他得回转了,他必须得回转了。他最后瞥了一眼那只被风吹开羽毛的鹰,转过身去。这时,他听到身后有沙沙声,掉转头一看,只见那只鹰正竭尽全力拍打着翅膀,并挣扎着将脑袋抬起来。黄昏前的片刻,反而可能是一天里最明亮的片刻。根鸟清清楚楚地看到鹰的目光里似乎有一种哀戚的呼唤,并且这种呼唤就是冲着他的。他犹豫着。而就在他犹豫的这阵子,那鹰就一直用那对使人心灵感到震颤的目光望着他。他在它目光的呼唤下,一步一步地走向它。

当他终于走到它身边时,它意味深长地看了他一眼,随即,脑袋像藤蔓枯萎了的丝瓜垂落了下去。他顿生一股悲哀之情,弯下腰去,用双手将那只鹰捧起。这时,他突然发现鹰的腿上用一根红头绳缚了一个布条。他取下布条,无意中发现那布条上竟然写着字:

> 我叫紫烟。我到悬崖上采花,掉在了峡谷里。也许只有这只白色的鹰,能够把这个消息告诉人们。它一直就在我身边呆着。现在我让它飞上天空。我十三岁,我要回家!救救我,救救我,救救紫烟!

根鸟轻轻放下那只鹰,用手抚摸了一阵纯洁而松软的羽毛,向它深深鞠了一躬,转身朝家走去。

2

根鸟感觉到这是一个女孩的名字。菊坡没有叫这个名字的女孩,根鸟也从未听说过这个名字。

父亲说:"只能到菊坡以外的林子去打听谁家丢了一个叫紫烟的女孩儿。"

当天晚上,根鸟父子俩就提着小马灯离开了菊坡,一路打听下去。可是走了许多地方,直到天亮,也未能打听到谁家丢了孩子,甚至谁也没有听说过有个女孩叫紫烟。

天快亮时,根鸟父子俩拖着疲倦不堪的身子,又回到了菊坡。

根鸟一觉睡到了下午太阳即将落山。他坐在门槛上,掏出口袋里的那根布条，默默地看着。

　　布条上的字歪歪扭扭的，仿佛写字的人当时在颤抖着手。根鸟猜测，那是用树枝蘸着一种草汁写的。他觉得这是一件确实发生了的事情。他在反复看了布条上的字之后，将布条放回口袋，走出院子，走到村前的大路口。他希望能看到一些从远方而来的过路的陌生人。他要向他们打听有没有听说过有一个叫紫烟的女孩。

　　大路空空，偶尔走过一个人，也是他所认识的菊坡人，或是与菊坡邻近的外村人。

　　根鸟又跑到大河边上。他要大声问任何一条过路的船："你们听说过有一个叫紫烟的女孩吗?"然而大河也是空空的，只有无声向前流动的河水。

　　根鸟的身后是一架正在转动的风车，永远的吱吱呀呀的声音，使他觉得永远也不能得到一个他所希望的回答。他大概只能在心里揣着一个谜团，而无望地走动在菊坡，直到将它渐渐淡忘。

　　眼下，已进入秋天，菊坡这地方到处开放着菊花。黄的、红的、蓝的、白的，五颜六色，形状各异的菊花或一片片，或一丛丛，或三两株，空气里满是它的香气。这是菊坡最让人迷恋的季节。在这样一个季节里，根鸟照理应是欢乐的。但现在的根鸟无法欢乐。他的眼前总是那只神秘的鹰和那个令人心情不安的布条。他既不能看到四处开放着的菊花，也闻不到它们的香气。他显得有点呆头呆脑的。

　　天色渐晚，坡上的老牛在呼唤远走的牛犊回到它的身边。在大河中央游着的鸭子，也在向岸边的鸭栏慢慢游来。从村里传来大人呼唤小孩归家的声音。竹林里，飞来许多准备歇宿的麻雀，唧唧喳喳的喧闹，意味着不久就是它们宿眠后的鸦雀无声。河那边的景色渐渐变得虚幻,村里的炊烟也渐渐在暗淡下来的天色中,不易被觉察了。

　　根鸟想着峡谷中那个叫紫烟的小女孩:有人救了她吗?怕是还没有。她不能回家,她只能独自一人呆在峡谷里。对她来说,夜晚实在太可怕了。

　　夜里,根鸟无法入睡。他穿上衣服,紧缩着有点怕凉的身子,走出院门。他在门槛上坐下,望着似乎很荒凉的天空。几颗凉丝丝的星星在朦胧中闪烁,向他诉说着遥远与孤寂。门前水沟边的芦苇丛里,一两只萤火虫,发着微弱的亮光。夏天已去,它们还在勉强地坚持着。但变得淡而无力的亮光在告诉人,它们不会再坚持多久了。小山那边是一片草地,大概是牧羊人无法忍受这夜的清静与寂寞,在哼唱着。那单调的声音被拉得很长,似有似无地传过来。声音是潮湿的。

　　夜晚的菊坡,让人多愁。

　　父亲的咳嗽声响在他的身后。

　　"夜深了,睡觉吧。"父亲说。

　　根鸟依然坐着。

　　"这事情不一定是真的。"

　　"是真的。"

　　"你怎么知道就是真的?"

　　"我知道它是真的。"

　　"就不会是一个小孩使坏主意,耍好心的人?"

　　"不是。"

　　"我打了这么多年猎,也没有看到过一只白色的鹰。"

　　"可我看到了。就是一只白色的鹰。"

　　"就算是真的,又能怎么办?"

　　"……"

"她家里的人,总会搭救她的。"

"她家里的人,不知道她掉进了峡谷里。"

"你怎么知道的?"

"我知道。"

"再说,这孩子也不知是什么时候就掉进峡谷了。不一定活着了。"

"她还活着。"

"这是你心里想的。"

"她肯定还活着。"

"活着又能怎么样?谁知道那个峡谷在什么地方?"

"总会找到的。"

"天凉了,进屋吧。"

"明天,我去县城。"

"县城里也没有峡谷。"

"我去看看城里有没有寻人启事。谁家丢了人,都在城里贴寻人启事。城里人来人往的,消息传得快。"

第二天一早,根鸟就去了三十里外的县城。

根鸟都有两年不来县城了。

街上跑着马车、人力车、自行车,一街的铃声。街两侧,是大大小小的商店、客栈与饭铺,还有许多手工艺人摆的摊子。虽是一个小城,倒也繁华与热闹。

根鸟无心去观望这一切。进了城门之后,他就一路靠着街边走,眼睛直往墙上瞧,看有没有寻人启事。倒是不断地能看到一些寻人启事,但十有八九,都是寻找一些因精神不正常而走失了的人,而其中又以老年人居多。

根鸟很执著,走完一条街,又再走一条,走了竖街又走横街。不管那些是早已贴上去的或是刚刚贴上去的,也不管是不是寻人启事，只要是张纸，根鸟都要走向前去看一看。人们都很忙，又各有各的事，谁也没有去注意这个行为怪异的少年。

中午，根鸟走不动了，就在一棵梧桐树下坐下来，然后掏出早晨从家里带来的一个大红薯咔嚓咔嚓啃起来。他的目光显得有点呆滞。这是一个身体疲倦且又被一团心思所纠缠的人所有的目光。啃完红薯，他疲乏地睡着了。不知睡了多久，他在睡梦里隐约觉得头顶上方有一种枯叶被风所吹之后发出的声音。他微微睁开眼睛，就着梧桐树干，仰起脖子，朝上方望去。这时，他看到了梧桐树干上贴着的一张纸，正在风中掀动着一角。他起初只是不抱任何希望而呆呆地看着，但随即跳起，将脸几乎贴到那张纸上看起来：

> 七月十日，十三岁的小女早晨出门，从此就不见归来。小女扎一根小辫，长一尺有余，身着紫色上衣、湖蓝色裤子，圆口鞋，红底黄花。有一对虎牙，左耳有一耳环。有知下落者，盼联系，当以重金致谢。
>
> 兰楼镇　朱长水

根鸟一把将这张寻人启事揭下，随即向人打听去兰楼镇的路。

在去兰楼的路上，根鸟一直脚步匆匆。

"我说这事不是假的。"他为自己在父亲面前坚持住了自己的看法而感到高兴。"我差一点就和父亲一样那么去想。"他为这种侥幸，而感到犹如被凉水泼浇了一般，不禁全身激灵了一下。"就是她，就是紫烟，十三岁……"他想撒腿跑起来，但已跑不动了，"她还活着，她会活着的，峡谷里有的是充饥的果子……"

他从口袋里掏出了那根布条,布条随即在风中飘动起来。

傍晚,根鸟来到了兰楼。

根鸟打开那张寻人启事给人看,随即就有人将他带到镇西头一个院子的门口。

"朱长水,有人找。"那个将根鸟领到此处的人敲了敲院门说。

院门打开了。

"我就是朱长水,谁找?"

"我。"根鸟连忙说,"大叔,你家是不是丢了一个十三岁的女孩?"

"是的。"

"我知道她在哪儿。"

"在哪儿?"

"在峡谷里。她去采花,掉到峡谷里去了。"根鸟将那根布条递给那个叫朱长水的汉子。

朱长水看完条子,笑了:"我的小女儿已经找到了,但不是从什么峡谷里找到的。她是在棉花地里,被摘棉花的人发现的。"

不知为什么,根鸟突然感到了一种从未有过的失望。他的手一松,那张失掉意义的寻人启事飘落到地上。

"这个掉进峡谷的女孩肯定不是我的小女儿。我的小女儿也不叫紫烟,叫秀云。"

门外,忽然响起杂乱的脚步声。

"这帮小兔崽子,又欺负我家秀云了。"

朱长水正说着,一个小女孩气喘吁吁跑到了院门口。她用手指指巷子,但没有语言,只是在嘴里呜噜着,意思是说,有人在追她。朱长水走到院门口,随即,杂乱的脚步声远走了。

"是个哑巴。"根鸟在心中说。

哑巴见到了一个陌生人,躲到门后,然后慢慢将脸探出来,朝根鸟傻笑着。笑着笑着,从长了两颗虎牙的嘴里流出一大串口水来。

"还是一个傻子。"根鸟走出朱家的院子,走进巷子里。

身后传来一声:"谢谢你,孩子!"

根鸟回到菊坡,差不多已经是半夜了。

父亲一直守候在村口。他看到根鸟摇摇晃晃地走过来,没有迎上去,而是依旧蹲在那儿抽烟。猩红的火光一明一灭,在告诉根鸟,父亲一直在等他。

根鸟吃力地走到父亲的面前。

父亲让他走在前头,然后一声不响地跟着。

回到家中,父亲去给根鸟热了饭菜。

根鸟并不想吃东西,只是有气无力地用筷子在饭碗里拨弄着。

父亲说:"别去找了,没有的事。"

筷子从根鸟的手中滑落到地上。他趴在桌上睡着了。

根鸟醒来时,已是次日的正午时分。

根鸟问父亲:"菊坡的四周都有哪些峡谷?"

父亲回答道:"这些峡谷我都知道。菊坡四周没有太高的山,峡谷也不深,一个人即使不小心掉下去,也是能够爬上来的。最深的峡谷,是蔷薇谷,在东边。"

根鸟朝门外走去。

"你又去哪儿?"

"蔷薇谷。"

"你不会有结果的。我打了几十年的猎,就从未见到过这一带有白色的鹰。我已经向村里年岁最大的人打听过,他们也从未听说过有白色的鹰。"

根鸟犹豫地站住了。

"我总觉得那鹰有点怪。"

"可它确实是一只鹰。"

"谁知道它是从哪儿飞来的呢?"

根鸟又朝东走去了。

"这孩子,死心眼!"父亲叹息了一声。

根鸟走到了蔷薇谷。他站在山顶上,往下一看,只见满山谷长着蔷薇,仿佛是堆了满满一峡谷红粉的颜色。他往下扔了一块石头。他从很快就听到的回声判断出这个所谓的最深的峡谷,其深度也是很有限的。他在山顶上坐下了。有一阵,他居然忘了那个叫紫烟的女孩,而只把心思放在那满山谷的蔷薇上。

浓烈的蔷薇香,几乎使他要昏昏欲睡了。

从峡谷的底部飞起一只鹰,但那鹰是褐色的,就是那种司空见惯的鹰。

根鸟静静地等待着,等待着能有一只白色的鹰从峡谷里飞起来,或者是有一只白色的鹰从天空中落到峡谷里。当然,这是永远也不可能的,菊坡这一带确实没有白色的鹰。

根鸟打算回家了。但就当他转身要离开时,心里忽起了一种呼唤的欲望。他先是声音不大地呼唤着:"紫烟——"声音微微有点颤抖,还带了少许羞涩。但,后来声音越喊越大,最后竟然大到满山谷在回响:"紫——烟——"

有时,他还大声地向下面问道:"紫烟,你听见了吗? 有人来救你啦? 你在哪儿呀?"

他马上就要离去了。他用尽全身力气,作最后的呼喊,这呼喊一半是出于为了救出那个叫紫烟的女孩,一半则仅仅是因为他想对着这片群山大喊大叫。他太想大喊大叫了。他觉得心里憋得慌。

根鸟突然栽倒在山顶上。

一个满脸胡茬的汉子气呼呼地站在那里。

晕眩了一阵的根鸟终于看清了这汉子的面孔:"你……你为什么打我?"

"你这小兔崽子,你在招狼吗?我在那边的林子里捕鸟,你知道吗?你把鸟全部惊飞了!"

根鸟觉得鼻子底下湿漉漉的,用手擦了一下,发现手被血染红了。

"滚!"那汉子道。

根鸟爬起来。

"滚!"那汉子一指山下。

根鸟向山下走去。他估计离那个汉子已有了一段距离了,又突然地大喊起来:"紫——烟——"一边叫着,一边向山下撒丫子猛跑。

3

根鸟感觉到不再被那个心思纠缠着,是在这天下午。

当时天气十分晴朗,大河边的芦花正在明亮而纯净的秋阳下闪亮。几只大拇指大的金色小鸟,站在芦叶上,轻盈跳跃,并清脆地鸣叫着,那声音直往人心里钻去。从远处驶来一条大船,白帆高扬。船驶近时,从船舱里走出一个七八岁的小女孩儿。那女孩儿一头黑发,穿着一件小红褂儿,站在雪白的风帆的下面。不知道她心里为什么高兴,她用胳膊抱住桅杆,用细声细气的腔调唱开了。唱的什么,根鸟听不清楚,只是觉得她唱得很是动听。船从他眼前驶过,往远方驶去,那小女孩的歌声也渐渐远去。

等大船只剩下一星点时,根鸟的心情就忽然地爽然了,仿佛一个被重担压迫着的人,卸掉了一切,赤身站在清风里。他心头有一种让他激动的解脱感,于是,他冲着大河,把一首童谣大声地喊叫出来:

> 天上七颗星,
> 树上七只鹰,
> 墙上七根钉,
> 点上七盏灯,
> 水上七块冰。
> 一脚踩了冰,
> 拿扇扇了灯。
> 用手拔了钉,
> 用枪打了鹰,
> 乌云盖了星。

他的脖上青筋暴突。喊了一首,仍觉得不过瘾,冲着大河撒了泡微微发黄的尿,又把另一首童谣喊叫出来:

> 青丝丝,绿飘带,
> 过黄河,做买卖,
> 买卖迟,买卖快,
> 亦不迟,亦不快,

先打琉璃瓦，

后上太行山。

太行山上几座庙，

一排排到三座庙。

什么门？红漆门，

怎么开？铁打钥匙两边开，

开不开，拿棍别，

别不开，

天上掉个大火星来，

叭叭开开啦。

您的城门几丈高，

三丈五尺高，

骑马带刀，

往您城门走一遭……

　　根鸟在叫喊时，并没有系裤带。那裤子就全堆在脚面上。裤裆里的那个小家伙，挨了河上吹来的凉风，紧缩得很结实，样子小巧玲珑，就很像那些在芦苇叶上鸣啭的小雀子。

　　父亲早就在一旁的大树下偷偷地看着。此刻，他的心情与儿子的心情一样。儿子的心情就是他的心情。他永远是顺合着儿子的心情的。眼看着根鸟的叫喊没完没了，他叫了一声："够了！玩一会儿就回家，要早早吃晚饭，然后我们一道去西洼看社戏。"

　　根鸟赶紧提起裤子，脸一红就红到耳根。

　　晚饭后，根鸟扛了一张板凳，和父亲一道来到西洼。

　　刚刚收罢秋庄稼，这里的人们一个个都显得很清瘦。春耕夏种秋收，风吹雨打日晒，似乎无止境的劳作，将这些人的心血以及他们的肉体都消耗了许多。现在，终于忙出头了。他们忽然觉得日子一下子变得好清闲。且又是一个风调雨顺的年头，这就让他们觉得这日子很舒服，很迷人。他们要好好玩玩了，享受享受了。像往年一样，周围的村子，都排下日子，要一场一场地演社戏，一场一场地乐，直乐到冬天来到这里。

祠堂前的空地挤满了这些清瘦的人。眼里头都是自足与快乐。台子就搭在祠堂前面，借了祠堂的走廊，又伸出一截来。五盏大灯笼，鲜红地亮着。演戏的在后台口不时地露出一张已涂了油彩的脸来。人的心就一下一下地被撩逗着。吹拉弹打的，早坐定在戏台的一侧了。

根鸟和父亲站在板凳上。他看到了黑鸦鸦的一片人头。

锣鼓家伙忽然敲起来了，闹哄哄的场地仿佛受到了惊动，一下子安静下来。

戏一出接着一出。都演得不错，让人心动，让人发笑，让人掉泪，让人拍巴掌叫好。人们将过去的、现在的一切烦恼与不快都暂且忘得一干二净，就只顾沉浸在此刻的幻景里。他们愿意。

根鸟呢？

根鸟大概比这满满一场人中的任何一个都要开心。

许多日子里，他心里一直不得安宁。那只鹰，那根布条，已经把这个平日里不知忧愁、不被心事纠缠的男孩弄得郁郁寡欢、呆头呆脑，还疲倦不堪。今年的大红灯笼，在根鸟看来，似乎比以往任何一年的大红灯笼要亮，要让人觉得温暖。他看得很认真，一副痴迷的样子。

不知什么时候，场地上有了一阵小小的混乱。原因是有一出叫《青黑枣》的小戏演不成了。这出小戏的主角是一个少年。演这个角色的演员小谷子走路走得好好的，却摔了一跤，将腿摔断了。这出小戏已在这地方上演了不知多少年,是一出有趣的、叫人开心的小戏。听说这出戏演不成了,台下的人就不乐意。尤其是那些孩子们,仿佛他们今天到这打谷场来,不是为了别的,就是专门来看这出戏的。坐在前头的几个孩子为了表示不满,就将垫在屁股下的草把抛向空中。其他孩子一见,也将屁股底下的草把抽出,朝空中抛去。一些大人也跟着起哄,学了孩子的样,也去抛草把。一时间,空中草把如蝗。抛了一阵觉得不过瘾,就互相砸着玩。砸着砸着,大概有几个孩子手重了,被砸恼了,嘴里不干净,甚至互相厮打起来。

台上的戏,撑着演了一阵,就不能再演下去了。

主持人就站到台口,大声喝斥,让众人安静。

"我们要看《青黑枣》!"一个秃小子往空中一跳,振臂呼喊。

"我们要看《青黑枣》!"其他孩子就跟着响应。

后来,场地上就只听见齐刷刷的三个字:"青黑枣! 青黑枣……"很有节奏。

主持人站在台口,骂了一句以后说:"《青黑枣》没法演!青黑枣,青黑枣,狗屁的青黑枣!"

台下人存心,不依不饶地喊叫。

主持人简直要冲下台来了:"你们还讲理不讲理? 演《青黑枣》的小谷子把腿摔断了!"

"这我们不管,反正,我们要看《青黑枣》!"还是那个秃小子,把双臂交叉在胸前,双眼一闭说。

主持人大声吼叫:"小谷子腿摔断了!"

一个爬在一棵树上看戏的孩子朝台上喊:"有个人会演《青黑枣》!"

打谷场刹那间就静下来。

主持人仰脸向那个他看不清楚的孩子问道:"是谁?"

"菊坡的根鸟!"那淹没在树叶里的孩子说。

这孩子提醒了众人:"对了,根鸟也会演《青黑枣》。""这一带,演《青黑枣》演得最好的就是根鸟!"

主持人朝黑暗中大声问:"菊坡的根鸟来了吗?"

众人都回过头去寻找。

根鸟站在凳了上不吭声,但心里很激动。

"根鸟在这儿!"有人一边用手指着根鸟,一边朝台上的主持人说。

"根鸟在那儿!""根鸟在那儿!"……其实,并没有多少人看清楚根鸟到底在哪儿。

主持人跳下了台子:"根鸟在哪儿? 根鸟在哪儿?"

"根鸟在这儿!"

"根鸟在那儿!"

主持人找到了根鸟,大手用力拍了拍根鸟的腿:"孩子,帮我一把!"

父亲在根鸟的腰上轻轻拍了一下,根鸟就跳下了凳子。

根鸟朝台上走,人群就闪开一条道来。根鸟心里就注满了一番得意。上了台,他朝台下稍微害羞地看了一眼,就到台后化妆去了。

这出小戏说的是一个淘气可爱的不良少年,翻墙入院偷人家树上黑枣,被人追赶的故事。

根鸟焕然一新,从后台探头探脑地走了出来。一双眼睛,充满狡黠与机警,并带了几分让人喜欢的猴气。他颤颤悠悠地唱着一首十分滑稽的歌,一是为了给自己壮胆,一是为了摆出一副若无其事的样子,再一个是为了刺探四周的动静。他的自问自答,让台下的人笑得有点坚持不住,有一个大人笑得从凳子掉下来，至少有两个孩子从树上摔到地上。他做着附耳于门上听动静的动作，翻墙入院的动作，爬树摘枣往口袋里塞的动作。忽然蹿出一条狗来。他跌落在地。此时屋里走出主人。他翻墙时，被主人抓住了一条腿。他在墙头拼命挣脱，那主人拔了他一只鞋，跌倒在地上。他坐在墙头上，朝主人一通嘲笑。主人大怒，抓起一根木棍跑过来。他纵身一跃，跳下墙头。接下来是一场逗人捧腹的追逐，只见他和主人不停地出入于左右两个后台口。一路上，他有说有唱，尽一个少年的天真与坏劲去戏弄那个上了年纪的主人。追到最后，那主人只好作罢。这时，他坐到高坡上，擦着汗，沐浴着清风，用童音把一首动听的小调尽情地唱了出来。小戏的最后，是他吃那黑枣——那黑枣一粒粒都未成熟，还是青果，吃在嘴里，苦涩不堪。他龇牙咧嘴，但还在强撑着自己，口角流着酸水，朝众人说："青黑枣好吃！"掌声中，他一只脚光着，一只脚穿着鞋，哼唱着下台去了。

散场回到家中，把戏演疯了的根鸟还在兴奋里。

父亲也很高兴，对根鸟说："这一回演得最像样。"

根鸟拿过一壶酒来，他愿意父亲现在喝点酒。

昏暗的油灯下，父亲的面容显得格外忠厚与慈祥，也显得格外苍老。他喝着酒，并发出一种舒适而快活的滋滋声。喝着喝着，父亲的脸就红了起来——跟灯光一样红。他朝根鸟看着，眼睛里尽是快慰。又喝了几盅，父亲的眼中便有了泪花。他朝根鸟笑着——一种苦涩得让人心酸的笑。

根鸟坐在那儿不动，静静地望着父亲喝酒。当父亲的眼睛汪了泪水，说话也开始不太利落时，他不但没有去阻止父亲喝酒，还往父亲的酒盅里加酒，直加得那酒溢了出来。

父亲朝根鸟点点头，摇晃着身子，又取来一只酒盅。他颤抖着倒满一酒盅酒,然后将它推到根鸟面前:"喝,你也喝。"

根鸟端起酒盅,用舌头舔了舔,顿觉舌头麻辣辣的,于是将酒盅又放下了。

父亲把自己的酒盅就一直举在根鸟的面前。

根鸟只好又拿起酒盅,然后猛然喝了一口。

父亲笑了,但随即从眼角落下泪珠来。灯光下,那泪珠流过后,在脸上留下两道粗重的发亮的水线。

根鸟喝了一口酒之后,先是辣得满眼是泪。但过了一阵心想:酒也就是这么回事。便又喝了一口。他觉得,这一口已不及第一口酒那么辣了。他甚至觉得喝酒就像他春天时在山坡野地里玩火,看着火苗像小怪物一样地跳跃,心里很害怕,可却又兴奋不已地看着它们疯狂地蔓延开去。

不一会儿,他居然将一盅酒喝完了。

父亲唱起来。父亲的歌声很难听,但却是从心的深处流出来的。那歌声在根鸟听来,是一种哭泣,一种男人的——苦男人的哭泣。

根鸟也渐渐觉得自己的心在一点一点苦起来。他的眼睛里也汪满了泪水。但他没有唱,只是听着父亲在唱。父亲的歌声,在他的心野上像秋天的凉风一样飘动着。

这个家,只有他与父亲两个人。

这已经有十三个年头了。

母亲是突然消失的。那天,她说她要进山里去采一些果子,没有任何异样,非常平常。但从此,就再也没有回来。母亲的失踪,在菊坡人的感觉里,是神秘的,无法解释的。起初有过各种猜测,但这些猜测无一不是漏洞百出。过去十三个年头了,每逢人们提起他的母亲,依然会被一种神秘感袭住心头。

母亲走时,根鸟才一岁。根鸟对母亲几乎没有印象。他只是模模糊糊记得母亲的声音非常好听。对于这一点,父亲摇头否定:"这是不可能的。一岁的孩子不可能有这样的记忆。"但根鸟的耳边却总是隐隐约约地响起一种声音。那种声音虽然遥远,但他还是能够听到。

父亲守了十三年的孤独,惟一能够使他感到有所依靠的就是根鸟。

父亲忽然停住了唱,用担忧的甚至让人怜悯的目光望着根鸟:"你不会离开我吧?"

根鸟这回觉得父亲真是喝多了,将酒盅从父亲的手中取下,说:"天不早了,该睡觉了。"他扶起父亲,将父亲扶到床上。

父亲躺下了。当根鸟要走出他的卧室时,他微微仰起头来说:"根鸟!"

根鸟回头望着父亲。

父亲说:"那件事情不是真的。"

根鸟走回来,将父亲的脑袋放在枕头上,并给他盖好被子,然后自己也睡觉去了。

4

就在这天夜里,一个大峡谷出现在根鸟的梦里。

当时是后半夜,月亮已经西坠,悄然无声地在树林里飘忽。柔弱的风,仿佛也要睡着了,越来越轻,轻到只有薄薄的竹叶才能感觉到它还在吹着。大河暗淡了,村子暗淡了,远处的群山也暗淡了,一切都暗淡了。

就在这一片暗淡之中,那个大峡谷却在根鸟的梦里变得越来越明亮。

这是一个长满了百合花的峡谷。百合花静静地开放着，水边、坡上、岩石旁、大树下，到处都有。它们不疯不闹，也无鲜艳的颜色，仿佛它们开放着，也就是开放着，全无一点别的心思。峡谷上空的阳光是明亮的，甚至是强烈的，但因为峡谷太深，阳光仿佛要走过漫长的时间。因此，照进峡谷，照到这些白合化时，阳光已经变得柔和了，柔和得像薄薄的、轻盈得能飘动起来的雨幕。

一个女孩儿出现在一棵银杏树下。

根鸟从未见过这么高大的银杏树。它的四周竟然没有一棵其他的树，就它一棵独立在天空下。粗硕的树干先是笔直地长上去，然后分成四五叉，像一只巨大的手朝上张着。小小的树叶密匝匝，遮住了阳光。那个女孩从浓阴下走出，走到阳光下。一开始，银杏树和那女孩都好像在迷濛的雾气里。

根鸟努力地去看那个女孩，而那个女孩的形象总有点虚幻不定。但根鸟最终还是看清楚了她，并将这个形象刻在心里，即使当他醒来时，这个形象也还仍然实实在在地留存在他的记忆里。

这是一个身材瘦长的女孩，瘦弱得像一棵刚在依然清冷的春风里栽下去的柳树，柔韧，但似乎弱不禁风。峡谷里显然有风，因为她站在那儿，似乎在颤动着，就如同七月强烈的阳光下的景物，又像是倒映在水中的岸边树木。她的脸庞显得娇小，但头发又黑又长，眼睛又黑又大，使人觉得那双眼睛，即使在夜间也能晶晶闪亮。她好像看见了根鸟，竟然朝他走过来，但走得极慢，犹豫不定，一副羞涩与胆怯的样子。

她几乎站到了根鸟的面前。

"你是谁?"

“我叫紫烟。”

根鸟再继续问她时,她却似乎又被雾气包裹了,并且变得遥远。

此后,根鸟就一直未能与她对话。他不时地看到雾气散去时的一个形象——这个形象几乎是固定的、一成不变的:银杏树衬托得她格外瘦小;她将两只手互相握在腹部,仰头望着峡谷上方的天空,目光里含着的是渴望、祈求与淡淡的哀伤——那种哀伤是一只羔羊迷失在丛林、自知永不能走出时的哀伤。

这是一个真正的峡谷。两侧几乎是直上直下的千丈悬崖。根鸟无法明白她从上面落下后为什么依然活着。是那些富有弹性的藤蔓接住了她?还是那条流淌着的谷底之河使她活了下来?

根鸟发现,这是一个根本无法摆脱的峡谷——一个无法与外面世界联结的峡谷,一个纯粹的峡谷。它是一个独立的世界。

几只白色的鹰在峡谷里盘旋着。它们与那天被根鸟所枪杀的鹰,显然属于同一家族。有时,它们会得到一股气流的力量浮出峡谷。但,最终,它们又飘回到峡谷。有两只居然还落到了女孩的脚下。那些白色的精灵使根鸟感觉到了,它们是知道抚慰女孩的。

根鸟担心地想:她吃什么呢?但,他马上看到了峡谷中各色各样的果子。它们或长在草上,或长在树上,饱满而好看。

根鸟就这样久久地看着她。虽然,她一会在雾气里,一会又显露在阳光下。即使她在雾气里,根鸟觉得也能看清楚她。他还进一步发现,她的鼻梁是窄窄的,但却是高高的,是那种让人觉得秀气的高。

天快要亮了。

根鸟有一种预感:她马上就要消失了。他要走上去,走近她。然而,他觉得他的走动非常吃力,甚至丝毫也不能走近——他永远也不能走近她。

她似乎也感到了自己马上就会在根鸟的眼前消失,当远方传来公鸡的第一声鸣叫时,她突然再一次转过脸来面向根鸟。

她的形象突然无比清晰,清晰得连她眼中的瞳仁都被根鸟看到了。然而,就是那么一刹那间,她便消失了,就像戏台上的灯突然熄灭,台上的那个本来很明亮的形象,一下子便看不见了一样。无论根鸟如何企图再想去看到她,却终于不能。他在一番焦急、担忧、无奈与恐慌中醒来了。

那时,天地间就只有一番寂静。

根鸟最深刻地记住了这最后的形象。他听到了一个从她双眼里流出的哀婉的声音:救救我!

窗纸已经发白。根鸟知道,不久,太阳就要从大河的尽头升起来了。他躺在床上,还在回想着那个似乎很荒古的峡谷。

5

从此,根鸟变得不是絮絮叨叨,就是不管干什么事情都会不由自主地愣神。吃饭时,吃着吃着,他便忘记了自己是在吃饭,筷子虽然还在夹菜、往嘴里扒饭,但心思却全不在夹菜与扒饭上,菜和饭也都进嘴了,又全然觉察不出它们的味道,仿佛菜和饭全都喂进了另一个人的嘴巴。这种时候,他的两眼总是木木的,眼珠儿定定的不动。而有时,不管是有人还是无人，他嘴里就会唧唧咕咕地唠叨，可谁也听不清楚他嘴里到底是在说些什么。

父亲常常默默地看着根鸟。根鸟也很少能觉察到父亲在看他。

菊坡的孩子们觉得根鸟有点怪怪的，便离他一定的距离，不声不响地注意着他。他们发现，夕阳中，坐在河坡上的根鸟，用一根树枝，在潮湿的地上，不断地写着两个字：紫烟。不久，他们在学堂里又发现，先生在讲课时，根鸟用笔在本子上同样写满了这两个字。他们并不知道这是一个女孩的名字，只是觉得这两个字，在字面上挺好看的。不久，孩子们又从坐在银杏树下的根鸟嘴中，听到了这两个字。那时的根鸟，目光幽远，神思仿佛飘游出去数千里，在嘴中喃喃着："紫烟……"只重复了两三次，随即，就剩下一个默然无语的根鸟。

这天上课，戴老花镜、双目模糊的老先生终于发现了根鸟的异样。先生讲着讲着不讲了，朝根鸟走过来。

根鸟并未觉察到先生就立在他身边，依然一副心思旁出、灵魂出窍的样子。

孩子们都不做声，默默地看着同样也默默地看着默默的根鸟的先生。教室无声了很长时间。

"根鸟。"先生轻轻叫唤着。

根鸟居然没有听见。

"根鸟!"先生提高了声音。

根鸟微微一惊："哎。"

"你在想什么?"

"紫烟。"

"什么紫烟? 紫烟是什么?"

根鸟仿佛于昏睡中突然清醒过来，变得慌乱，一脸的尴尬。他结巴着,不知如何回答先生。

先生作了追问,但毫无结果,说了一声:"莫名其妙!"便又走到讲台上继续讲课。

与根鸟最要好的男孩黑头,终于知道了秘密。那天,根鸟又坐在河堤上用树枝在地上写那两个神秘的字,一直悄然无声地站在他身后的黑头,用一种让人几乎听不见的声音,贴在他的耳边问:"紫烟是什么?"

"紫烟是一个女孩。"

黑头看了一眼依然还在用树枝在地上画着的根鸟,悄悄往后退着。他要将这个秘密告诉菊坡的孩子们。可是,他退了几步,又走上前去,还是用一种几乎听不见的声音,贴在根鸟的耳边问:"紫烟在哪儿?"

"在大峡谷里。"

"大峡谷在哪儿?"

"在我梦里。"

"梦里?"

"梦里。"

黑头在根鸟身边轻轻坐下,轻得就像一片亮光,让根鸟毫不觉察。

"那天夜里,我做了一个梦……"根鸟回忆着,回忆着……当时,西方的天空正飞满橘红色的晚霞。

根鸟还在那里絮叨,黑头已经悄悄地走开了。他把知道的一切,很快告诉了好几个孩子。

这天中午,根鸟正坐在院门槛上托碗吃饭,忽听有人在不远处叫道:"紫烟!"

根鸟立即抬起头来张望。

"紫烟来啦!"黑头大声叫着。

"紫烟来啦!"很多的声音。

根鸟放下饭碗,冲出村子,冲上大堤。这时,他见到了一支长长的队伍。这支队伍由许多的男孩与女孩组成,浩浩荡荡的样子。

"紫烟! 紫烟……"天空下,响着很有节奏的呼喊声。

根鸟站在那儿,目光迷茫。

"紫烟! 紫烟……"声音越来越大,仿佛大风从荒野上猛劲地刮过来。

根鸟朝队伍走去。

队伍像一股潮水,也朝根鸟涌来。

这时,根鸟看到了队伍中一个被人用竹椅抬起来的女孩。她的头上戴着花环,羞涩地低着头。风吹动着那些花朵,花瓣在风中打颤。因为她是被高高地抬起着,因此显得既高贵又高傲。

"紫烟! 紫烟……"

根鸟冲上前去。但当他离那个戴花环的女孩还有十几米远时,他停住了脚步。他忽然觉得有一股羞涩之情袭住了他的全部身心。

队伍却加快了步伐朝根鸟奔来,不一会,就将那个女孩抬到根鸟面前。

队伍忽然一下子安静下来,安静得能听到河水发出的微弱的流水声以及水边芦苇叶摩擦的沙沙声。

黑头对根鸟轻声说:"那是紫烟。"

根鸟渐渐抬起头来。

那个女孩伸手取下花环,也慢慢地抬起头来。当孩子们确定地知道根鸟已经完全看清楚了那个女孩的面容时,全都笑了起来。

那个女孩叫草妞，是菊坡长得最丑的一个女孩儿。

孩子们的笑是互相感染的，越笑越放肆，越笑越疯狂，也越笑越夸张，男孩女孩皆笑得东倒西歪。他们还不时地指指草妞和根鸟。

根鸟蔑视地看了一眼丑姑娘草妞，然后走向黑头。未等黑头明白他的心思，他的一记重拳已击在了黑头那长着雀斑的鼻梁上。

黑头顿时鼻孔流血。

笑声像忽然被利刃猛切了一下，立即停止了。

根鸟与黑头对望着。

黑头的反击是凶狠的。他一把揪住根鸟蓬乱如草根的头发，并仗着他的力气，猛劲将根鸟旋转起来。根鸟越旋越快。黑头见到了火候，突然一松手，根鸟便失去了牵引，而被一股惯力推向远处。他企图稳住自己，但最终还是摔下了河堤，摔进了河里。

所有的目光皆集中到水面上。

根鸟湿漉漉的脑袋露出了水面。

黑头摇动着胳膊，那意思是说："还想再打吗？"

根鸟用手抓住一把芦苇，水淋淋地爬上岸来。他没有去与黑头纠缠，却老老实实地蹲了下去。

孩子们见今天的戏差不多已经演完，不免有点扫兴，又观望了一阵之后，便有人打算离开了。

黑头也转过身去往家走。

一直蹲在那儿的根鸟，望着脚下被身上淌下的水淋湿了的土地，在谁也没注意的情况下，一跃而起，随即身子一弯，一头撞向黑头。未等黑头与众人反应过来，黑头已被撞入水中。黑头不会游泳，挥舞着双手，在水中挣扎着。孩子们以为根鸟会慌张的,但却见根鸟只是冷冷地看着可怜兮兮的黑头,竟无一点恐惧。黑头还在水中挣扎,根鸟却朝家中走去。

"黑头落水了!"孩子们这才叫嚷起来。

几个会水的孩子便跳入水中去搭救黑头。但最终,黑头还是被两个闻讯赶来的大人救起的。

人群渐渐散去。几个走在后边的大人,一边走一边议论:

"我看根鸟这孩子,脑子好像出了毛病。"

"他祖父在世时就不那么正常。"

"怕是病。隔代相传。"

这天夜里,大峡谷又一次出现在根鸟的梦里——

几只白色的鹰,在峡谷里飘动,摇摇欲坠的样子。阳光下,它们的飘动是虚幻的。峡谷里有着强劲的风,它们在升高时,被风吹落下许多羽毛,这些羽毛仿佛是一些晶莹柔软的雪花。

又是那棵巨大的银杏树。但此时,它已在晚秋的凉风里经受着无情的吹拂。那些扇形的、小巧玲珑的金叶,开始落下,可能是风大起来的缘故,它们的飘落就显得纷纷的,像是在下一场金色的雨。

就在这金色的雨中,紫烟出现了。由于清瘦,她似乎显得高了一些。她的头发是散乱的,常被卷到脸上,遮住了一只眼睛。她抬起胳膊去撩头发时,衣袖因撕破了袖口,就滑落到了臂根,而露出一支细长的胳膊来。她似乎感到了风凉,立即将胳膊垂下,以便让衣袖遮住裸露的胳膊。

后来,她弯腰去捡地上的果子,风将垂下的头发吹得不住地翻卷,仿佛有无数细小的黑色的漩涡。

公鸡将啼时,她在凉风中,将双臂交叉着抱在平坦的胸前,用一对似乎已经不再有恐惧与悲哀的目光,眺望着正在变得灰白的天空。

菊坡的公鸡鸣叫出第一声。

如潮水般涌来的大雾，一下子弥漫了峡谷，一切都模糊了、消失了。

但根鸟记住了在一切消失之前的顷刻，紫烟忽然转过面孔——一个十足的小女孩的面孔，那面孔上是一番孤立无援、默默企盼的神情。

天亮之后，根鸟将两次梦都告诉了父亲。

正在院里抱柴禾的父亲，抱着一抱柴禾，一直静静地听着。当根鸟不再言语时，那些柴禾哗哗从他的手中落下。然后，他还是空着双手站在那儿。

早饭后，父亲开始为根鸟收拾行囊。

而根鸟放下饭碗后，就一直在院子里劈木柴。他不住地挥动着长柄斧头。劈开的木柴，随着喀嚓一声，露出好看的金黄色来。劈到后来，他甩掉了衣服，露出光光的上身。汗珠仍然在他扁平的胸脯和同样扁平的后背上滚动着。

劈好的木柴后来被整齐地码放在院墙下，高高的一堆。

父亲过来，从地上给根鸟捡起衣服："天凉。"

根鸟用胳膊擦了一下额头的汗说："这堆木柴，够你烧一个冬天了。"

这天晚上，父亲在昏暗的灯光里说："你就只管去吧。这是天意。"

秋天走完最后一步。山野显得一派枯瘦与苍茫时，根鸟离开了菊坡。

第二章 青 塔

1

根鸟记不清他离开菊坡已经多少天了。他已走出山区。离开菊坡后,他就一直往西走。他在直觉上认定,那个长满百合花的大峡谷在遥远的西方。现在来到他脚下的是一望无际的荒漠。

站在荒漠的边缘,他踟蹰了半天。空荡的、漫无尽头的荒漠,一方面使他感到世界的阔荡与远大,一方面使他感到心虚力薄,甚至是恐惧。"我能走过去?"这个念头抓住了他,使他双腿发软。

当太阳高悬在荒漠之上,远处飘散着淡紫的烟雾时,他往上提了提行囊,还是出发了。

前些天,他一直是在山区走。天气虽已进入初冬,但满眼仍是一番生命四下里流动的景色。淙淙流淌的小溪,翠竹与各种苍郁的松树,振动人心的林涛声与深山处清脆的鸟鸣,这一切,使他并无太深的离家感觉,心中也没有太深的荒凉与寂寞。现在,荒漠向他显示的,则完全是另一番景观:空旷,几乎没有生命的气息。偶尔才能看到几丛枯死的草或几丛锈铁丝般的荆棘。即使看到一两棵树,也都已落叶,在没有遮拦的风中苦苦抖索。这里的植物,即使是已经死了,他也能感觉到它们活着时就从未痛痛快快地生长过,它们总是紧紧地伏在地上,惟恐被大风连根拔去。眼下,枯草与荆棘,不是过于地袒露,使他感到它们随时都可能成为荒漠上无家可归的流浪儿,就是被沙石重重地压住,使他感到它们将永世不得翻身或窒息而亡。

空气变得十分干燥,根鸟很快就感到嘴唇的干焦和喉咙的苦涩。到处是大大小小的石头。它们分散着,布满了大地。一眼就能看出,不知多少年前,这里曾经是海洋,海水退尽,无边的洋底从此就裸露在风暴与烈日之下。这些石头与粗沙一起,在那里用劲吮吸着空气里已经不多的湿润。即使是这样,它们还是显出随时要被干裂成碎末的样子。

根鸟用手搓了搓发紧的脸,一步一步地走着。大多数时候,他脑海里一片空白。他既不去想菊坡的父亲,也不去想怀中那根布条以及大峡谷和梦中的紫烟。他就知道走,既无劳累,也无轻松,既无目的,也无行走的冲动。仿佛他根鸟来到这个世界上,就是要不停地搬动双腿,不停地前行,永无止境。

一只黑色的鹰在他的头顶上盘旋。这种盘旋似乎也是无意义的。因为,空中没有飞鸟,地上也无走兽。那鹰似乎也不计较这些,它乐意做这种纯粹的盘旋。就是这道小小的风景,使根鸟的苦旅多了一丝活气和安慰。他在心中飘过一丝感激,并停住脚步,仰脸去望那只黑色的鹰。有那么非常暂短的时间里,那黑色的鹰突然变成了白色的鹰,并且是那么白,它使根鸟在心中骤然注满了激情。

鹰还是黑色的,就是那种人们司空见惯的鹰。

根鸟不免有点失望,低下头来,继续走他的路。

远处有驼铃声,有一声无一声的,声音非常微弱。根鸟能够判断出,骆驼在很远的地方走动着。他从内心希望,他能在一路上不断地听到这种优美的让人安心的铃声。他需要各种各样的景物,并且需要声音。他要把这些声音吃进耳朵,一直吃进寂寞的心中。

前面的一座大沙丘,在阳光下像一座金山。

根鸟吃力地爬到沙丘顶上。他朝远方看去时,看到了一支驼队正沿着优雅地弯曲着的丘梁往西走着。驼峰与沙丘都是同样的弯曲。骆驼原本就是沙漠之子。它与沙丘构成了一幅图画。而那些因风吹的作用所形成的同样显出旋律感的沙线,又给这幅图画增添了几分音乐的色彩。

这幅图画使从深山里走出的根鸟欢喜不已。

根鸟坐在沙丘上,静穆地观望着驼队。

歇够了,根鸟就加快步伐去追赶那支驼队。他已不再担心夜晚的来临。他可以与这支驼队一起露宿。他相信,那些人不会嫌弃他的。想到此,他心中想唱支歌,但他不知道应该唱什么。最后,他索性呐喊起来。他发现在荒漠上呐喊与在深山里呐喊,效果完全两样。后者是有回音的,而前者,声音一往无前,永远也不能再重新撞击回头了。这使根鸟顿时觉到了一种空寂,他不由得加快了步伐。

他从内心深处感谢这支驼队的出现。

追上驼队时,已近傍晚了。

那些身穿翻毛羊皮袄的赶驼人都掉过头来,用一双双常年穿越荒漠才有的锐利而冰冷的目光看着根鸟。

根鸟有点讨好地朝他们微笑着。

那些人没有主动地向根鸟问话。

根鸟是个容易害臊的男孩,也不好意思先开口与他们搭话。他只是紧紧地跟在驼队的后面,仿佛是一只走失的羊,找不到自己的羊群,而在毫无希望的情况下,发现了一支陌生的羊群,便立即投奔过来。驼队是顶风走的,根鸟总是闻着骆驼身上散发出的那种浓烈的刺鼻的气味。根鸟并不厌恶这种热烘烘、骚烘烘的气味,他甚至在心中喜欢着这种气味。因为这种气味使他感觉到了荒漠上依然有着鲜活的生命,他现在就与这些生命在一起。他心里有一种说不出的安慰与温暖。

天边,荒漠的尽头,升起一股烟来。这股烟像一根粗硬的柱子,直直的,并且朝天空生长着。

黄昏时,驼队中一个头戴破皮帽的汉子,终于掉过头来开口向根鸟问话:"你去哪儿?"

根鸟很高兴,往前快走了几步。但他不知如何回答,于是变得有点结巴:"去……去西……西边。"

"西边哪儿?"那汉子不太满意根鸟的回答。

根鸟只好说:"我也不知道究竟去哪儿。"

汉子的嘴角就流出一缕嘲笑。

根鸟就低着头走着。走着走着,又落在了驼队的后边。

驼队中有一个与根鸟年龄相仿的少年。他的脖子里围一条火红的围巾,衣服几乎敞开着,露出黑乎乎的胸脯来,一副很快活的样子。这时,他停了下来,一直等到根鸟。根鸟见到他,有一种说不出的亲切感。

少年像那汉子一样问根鸟:"你去哪儿?"

根鸟有点局促不安,吞吞吐吐。他心中非常愿意将一切都说出来。他太想将一切说出来了。他憋得慌。他要让那些赶驼人，甚至是这些面容慈祥的骆驼都知道他此行的目的。他要他(它)们知道，他绝不是一个在荒漠上闲逛的流浪儿，或者是一个懒惰的沿路乞讨的乞丐。

驼队在一座高大沙丘的背面停下来了。驼队要在这里结束这一天的行走。不远处是一片湖水，它正在霞光里闪动着安静而迷人的亮光。真是一个宿营的好地方。

根鸟和那个少年坐在沙丘上。

"我要去找一个长满百合花的大峡谷。"

那少年望着根鸟布满尘埃但双眼闪闪发亮的脸。

根鸟眺望着西边的天空。那时的天空壮丽极了。空旷的荒漠，使西边的天空完全呈示出来。霞光从西面的地平线上喷射出来，几只乌鸦正从霞光里缓缓飞过。根鸟十分信赖地看了那个少年一眼，然后从头到尾地讲述他此行的原因。

这个故事显然深深地感染并打动了那个少年。他听得十分入神。

故事讲完后，那个如痴如醉的少年似乎突然地醒悟了过来，脸上换了另一种表情。他朝根鸟一笑，然后飞跑而去，回到了那些人中间。他向那些人说："我知道他向西走是去干什么。"然后，他挖苦地将刚才从根鸟嘴中听到的一切，转述给了那些人。

那个汉子对那个少年说："让他过来，再对我们说说。"

少年又来到了根鸟身旁："他们都想听你说一说你为什么向西走。"

"我都对你说了。你向他们说吧。"

"他们不相信我说的。"

根鸟跟着那个少年走向那些坐着的或侧卧着的人。

根鸟从他们的脸上看到了一种压制不住的笑容。他似乎感觉到了这种笑容是不怀好意的,但他并不能在脑海里形成一个判断。他站在他们面前,手足无措。

那个汉子站起身,将根鸟背上的行囊取下放在沙上:"今天晚上,你就和我们在一起吧。现在,你来说一说你的布条、梦呀什么的。"他一指那个少年说:"他嘴笨,没有说清楚。"

根鸟疑惑地坐下了。

"讲吧。"那汉了说,"也许我们中间就有谁知道那个大峡谷呢?"

一个脸长得像马脸的人强调说:"一个长满了百合花的峡谷。"

根鸟就又从头讲起来。那些人都摆出一副聚精会神的样子。于是根鸟就很投入地讲着。当接近尾声,根鸟在描绘梦中的紫烟最后一次出现时,首先是那个汉子说了一句:"还是一个漂亮的女孩儿呢。"

那些人便一起大笑起来。

有人指着根鸟:"世上还有这样的傻瓜!"

"马脸"说:"这孩子居然知道想女孩儿了,还想得神魂颠倒!"

那个少年笑得在沙地上直打滚。

根鸟很尴尬地坐在那儿,在嘴中不住地说:"你们不相信就拉倒,你们不相信就拉倒……"

那些人越笑越放肆。那个少年正被一泡尿憋着,转过身去撒尿,一边尿一边笑。尿不成形,扭扭曲曲地在他身前乱颤悠。

根鸟看到,只有那个远远地坐着的、苍老得就像这个大荒漠似的老人始终没有笑。

他看了根鸟一眼。根鸟从那对同样衰老的目光里觉察到了一种温暖、一种心灵的契合。

根鸟突然起身，抓起行囊，走开去了。

天终于黑下来。根鸟看着赶驼人在篝火旁喝酒、吃东西、谈笑，自己很清冷地从行囊中掏出一块干硬的饼子，慢慢地咬嚼起来。望着无边无际的黑暗，他心中也是一片苍茫。

那个少年拿了一块被火烤得焦香的羊肉，走到根鸟的身旁："吃这个吧。"

根鸟摇了摇头。

"拿去吧。"

根鸟没有看他。根鸟不想再看他。

那个少年觉得无趣，拿着羊肉转身回到那些人中间去了。

根鸟打开行囊，把所有能穿的衣服都穿到身上。他预感到了荒漠之夜的寒冷。

赶驼人也开始休息，四周就只剩下了一片寂静。

根鸟听到了沙子被踩的声音，不一会，他看到那个老人站在他身旁。

老人坐了下来，望着西边的夜空说："我小时候听说过，在西边的大峡谷里，确实有白色的鹰。"

"那峡谷远吗？"

"我也说不清楚。反正不是三天五天、三个月五个月就能走到的。"

"我可以跟着你们的驼队走吗？"

"不行了。明天一早，我们就要往南走了，而你却是往西走。那个大峡谷在西边。"

老人坐了很久，临走时说："不管别人说什么，你只管走自己的路。"

根鸟看到老人正离他而去，想到明天又得孤身独走荒漠，撑起身子问:"大爷,还要走几天,才能走到有人住的地方?"

"三天。"

"那地方叫什么?"

"叫青塔。"

第二天,根鸟醒来时,太阳从荒漠的东方升起来了。东边的沙地,一片金泽闪闪。他发现驼队已经离开了,往南看去只能看到一些黑点点。他随即还发现,他的身上盖着一件翻毛羊皮袄。这是一件破旧的皮袄。他认得,这是那个老人的。他抓着皮袄,站起身来,望着那个即将消失的驼队,不禁心头一热。

2

沙子渐少,一个纯粹的戈壁滩出现在根鸟的脚下,它使根鸟更加觉得世界的荒凉。他向西走着,陪伴着他的,只有他自己单薄的影子。他让自己什么也不想,也不让自己加快步伐,始终以一种不太费劲的步伐,不快但却不停地向前。有时,他想给自己唱支歌,但那些歌总是只有一个开头,才唱了几句,就没有再唱下去的兴致了,于是那歌声就像秋天的老草一样衰败下去。

这天下午,根鸟在荒漠中感受到了一种前所未有的恐怖。那是风造成的。

风从西北方向刮来。在平原,在山里,风来时,根鸟总能看见它们过来的样子:草地、稻或麦子,在它吹过时,像波浪一样起伏着,树在它的压力之下,飘荡起枝条,水则开始沸腾起来。这一切变化,又都会发出声音。因此,根鸟能在好几里之外，就可看到它来势汹汹的样子。那时，他早做好了风扑到他跟前的准备。风是看得见的。狂风时，根鸟仿佛看到千军万马在奔腾。那时的根鸟只有一种冲动而并无恐惧。而戈壁滩上的风，就像是一头跟踪了他许久，瞧他已精疲力竭，且又没有任何提防时而猛扑上来的猛兽。戈壁滩上没有草木，没有河流，风来时，竟没有一点显示。原来，风本身是没有声音的。所谓风声，是风吹到阻拦它的物体之后发出的，实无风声。一头无形的且又是无声的怪物，带给人的只有恐惧。根鸟正走着，突然有一股力量冲撞过来，差一点就将他撞翻。他开始时没有意识到这是风。因为，他既不能看到草浪，也不能看到水波与树摇，当然也不能听到风声。他在作了前行的尝试而都被风顶了回来之后，才意识到这是风。好大的风，但戈壁滩上，却看不见它留下任何一丝痕迹。这种风，就显得充满了鬼气，使根鸟顿觉危机四伏，天底下一片阴森森的。他被风冲撞着，扭打着，而他却全无一点办法。因为没有任何遮拦，风一路过来时便没有任何消耗，力大如牛，几次将根鸟往后推出去好几丈远。根鸟摔倒了几次。他要赶路。他将身子向前大幅度地倾斜着。即使如此，他还是好几次被风顶得直往后打着趔趄。

风不停地刮着，天也渐渐昏暗下来。根鸟除了能听到风从身边刮过时的声音外，偌大一片荒漠，竟像死亡了一般，没有一丝声响。但，它却又让根鸟在一种力量的浪潮里翻滚与挣扎。

根鸟终于找到了一个避风的地方。那是一块巨石。他将身体蜷缩在石头的背面。这时，他才听到了风从石头上吹过时而发出的凄厉的啸叫声。

风终于慢慢收住自己的暴烈。当根鸟听出从石面上擦过的风声已经变成柔和的絮语时，他才敢站起身来。这时，他看见了一轮巨大的苍黄落日。他从未见到过如此巨大的太阳。这太阳大概只有辽阔的荒漠才有。它照耀着已在冬季的西方天空，呈现出一派肃穆与宁静。

根鸟加快步伐朝太阳走去。

当落日还剩下一半时，根鸟翻上了一座高高的土丘。这时，他突然发现在远远的地方，有一个人正在低洼处向西行走。这使根鸟感到十分激动。他朝丘下大步跑去，途中差点摔倒。他一定要追赶上那个人。他心中渴望自己能有一个伴，尤其是在即将被黑夜笼罩的荒漠上。

刚才还很模糊的人影，渐渐清晰起来。

根鸟估计那个行者能够听到他的声音了，便大声地唱起来。那是一段社戏的戏文：

> 从南来了一行雁，
> 有成双来有孤单。
> 成双的欢天喜地声嘹亮，
> 孤单的落在后头飞不上。
> 不看成双看孤单，
> 细思量，
> 你的凄凉和我是一般样！
> 细思量，
> 你的凄凉和我是一般样！

不知为什么，根鸟在唱这段戏文时，心里总被一种悲悲切切的情绪纠缠着。他竟然唱得自己心酸酸的，两眼蒙了泪花，再看前面那个行者，就只能看到一个糊涂的影子。

那个行者似乎听到了根鸟的歌声。他回过头来，正朝根鸟这边瞧着。

然而，那个行者却并没有停住脚步，而依然背着行囊往西走去。

"这个人！"根鸟觉得这个人实在不可理喻。如此空大的荒漠，独自一人行走，多么寂寞！既然可以有一个人与自己结伴而行，这不是求之不得的事情吗？那行者居然丝毫不在意荒漠中突然走出一个人来，在回首望过一次之后，就再也没有回过头来。根鸟却是不停地加快着步伐。根鸟才不管那人究竟是一个什么样的人呢，只要是人，就愿意走近他，与他一道前行。渴望见到人的心情，就像一只飞行了数天而饥渴难熬的野鸽子渴望见到清水一般。

太阳渗入了西方的泥土。

那个行者，只剩下一个细长的黑影。

根鸟追赶着。荒漠中的距离，很让根鸟迷惑。明明见着前面的目标离自己并不很遥远了，但要追上，却很费力气，那距离仿佛是不可改变的。

行者的身影渐渐消失了。

但根鸟能够感觉到那个行者依然在他前面不远的地方行走着。

根鸟终于失去追赶上那个行者的信心，在一个土丘的顶上停住，放下了行囊。他要结束今天的行走了。他很失望。今天这一夜，他将独自一人露宿这片荒漠，然后受那四面八方的寂寞的包围，在清冷中一点一点地熬过，直熬到日出东方。

月亮飘起来了，像一枚银色的、圆圆的风筝。它真是飘起来的，而不是升起来。这大概是因为荒漠中袅袅升腾起薄雾而形成的效果。

根鸟望着月亮,咬着饼子,脑海里依然一片空白。

根鸟躺下后,希望能在梦里见到菊坡的父亲,更希望梦见大峡谷和紫烟,然而他什么也没有梦着,只梦见一些支离破碎的、奇奇怪怪的场景、人物或其他东西。

月亮仿佛只是给他一个人照着,并且无比温柔和明亮。

第二天,根鸟才发现,那个行者并未远走,而是在离他不远处的另一个土丘上坐着。

中午时分,根鸟终于追上了那个行者。

"你好。"根鸟向他打着招呼。

那行者很迟钝地侧过脸来,看了一眼根鸟,点了点头。

"你去哪儿?"根鸟问道。

那行者走出去十几步了,才用手指向西指了指。

"我也是往西边走。"根鸟很高兴。

在很沉闷的行走中,根鸟悄悄地打量了这个行者:衣衫褴褛,一顶毡帽已经破烂不堪,背上的行囊简直就是一捆垃圾;脚上的鞋已多处破裂,用绳子胡乱地捆绑在脚上;身体高而瘦,背已驼,脸色苍黑,长眉倒很好看但已灰白;或许脸型本就如此,或许是因为过度的清瘦,颧骨与鼻梁都显得很高,嘴巴也显得太大,并且牙床微微凸出;最是那一双眼睛,实在让人难忘,它们在长眉下深深隐藏着,目光却在底部透出一股幽远、固执,还含了少许冷漠。

在一座土丘的坡上,他们坐下来,开始吃东西。这时,根鸟又注意到了那双手:十指长长,瘦如铁,苍老却很劲道。

根鸟要将自己的饼子分行者一块,被行者摇手拒绝了。行者啃着一块已经发黑的干馍,目光依然还在前方。

这一天里,根鸟也没有听到那行者说过一句话。然而根鸟知道,那行者并不是一个哑巴。

晚上，他们同宿在一座山丘的背风处，还是默然无语。但根鸟感觉到，那行者已经默认了他是自己的一个同伴，目光里已流露出淡淡的欢喜。

又一天开始后不久，那行者终于开始说话。那是在他见到前方一株矮树之后。他望着那几天以来才看到的惟一的一棵树，站住了。他的那张似乎冻结了的脸，仿佛是死气沉沉的湖水被柔风所吹，开始微波荡漾。他说："我们快要走出这荒漠了。"他的声音是沙哑的，似乎已多日不与人说话，因此，这句话从嘴中吐出时，显得十分艰难，极不流畅。

根鸟既为行者终于开口说话，更为了那句由行者说出口的话而在心中充满一派亲切与激动，因为，行者说的是"我们"快要走出这荒漠了，也就是说，他们已经是一道的了，根鸟已不再是一人了。

他们一起走到那棵其貌不扬的树下。这是一棵根鸟从未见过的树。但这无所谓。他们现在想到的只是这棵树向他们透露了一个信息：荒漠之旅已经有了尽头。

他们告别了这棵矮树，朝前方走去，脚步似乎变得轻松了许多。

一路上，那个行者仿佛突然被唤醒了说话的意识，尽可能地恢复着因经久不用而似乎已经丧失了的讲话能力。他不仅能够愉快地来回答根鸟的问话，还不时地向根鸟问话。当他从根鸟的嘴中得知根鸟西行的缘由时，不禁靠近根鸟，并用一只冰凉的手，紧紧抓住了根鸟的手，目光里含着亲切的与诗一样的赞美。

太阳即将再一次落下去时，根鸟知道了他的名字：板金。根鸟还知道，他过去居然做过教书先生。

但当根鸟希望知道板金西行的缘由时，板金只是朝根鸟一笑,并没有立即回答。根鸟并不去追问,因为,他已感觉到,板金正在准备将心中的一切都告诉自己。

这天晚上的月亮出奇的亮。空中没有一丝尘埃,那月光淋漓尽致地洒向荒漠,使荒漠显得无比深远。空气已经微带湿润,森林或湖泊显然已在前边不远的地方。根鸟和板金一时不想入睡,挨得很近地坐着,面朝荒漠的边缘。

板金从怀中摘下盛酒的皮囊,先喝了一口,然后递给根鸟:"小兄弟,你也来喝一口。"

"板金先生……"

"我今年五十岁,就叫我板金大叔吧。"

"不,我还是叫你板金先生。"

"随你吧。"

"我不会喝酒,板金先生。"

"喝一口吧。"

"我只喝一口。"

"就只喝一口。"

根鸟喝了一大口酒,身上马上暖和起来。

板金喝了十几口酒,说:"小兄弟,好吧,我告诉你我往西走的缘由。"他望着月亮说:"我的家住在东海边上。我是从那里一直走过来的,已经走了整整五年了。"

"五年了?"根鸟吃了一惊。

"五年了,五年啦!"板金又喝了一口酒,"记不清从哪一代人开始,我的家族得了一种奇怪的毛病,凡是这个家庭的男子,一到十八岁,便突然地不再做梦……"

"这又有什么?"根鸟既觉得这事有点奇怪,又觉得这事实在无所谓。

"不! 小兄弟,你大概是永远不会理解这一点的:无梦的黑夜,是极其令人恐惧的。黑夜长长,人要么睁着双眼睡不着,在那里熬着等天亮,要么就死一般地睡去,一切都好像进入了无边的地狱,醒来时,觉得这一夜黑沉沉的,空洞洞的,孤独极了,荒凉极了,那感觉真是比死过一场还让人恐怖。在我的记忆里,我的家庭中,曾有两个人因为终于无法忍受这绝对沉寂的黑夜,而自尽了。其中一个是我的叔父。他死时,我还记得。他是在后院的一棵桑树上吊死的。为了治好这个病,我们这个家族,一刻也没有放弃寻找办法,然而,各种办法都使过了,仍然还是如此。我们这个家族的男人,都害怕十八岁的到来,就像害怕走向悬崖、走向刑场一样。在这个年龄一天一天挨近时,我们就像在黑暗中听着一个手拿屠刀的人从远处走过来的脚步声,心一天一天地发紧。许多人不敢睡去,就用各种各样的办法让自己醒着,长久之后,身体也就垮了。我们这个家族的人,衰老得比任何人都快……"板金喝了一大口酒。

根鸟不知道为什么忽然感到有点寒冷,从板金手中拿过皮囊,也喝了一大口酒。

"小兄弟,你现在多幸福啊! 你能做梦,做各色各样的梦,你居然能梦见一个长满百合花的峡谷! 你还要什么呀,你有梦呀! 你有那么好的夜晚! 那夜晚,不空洞,不寂寞,有声有色的。哪怕是一场噩梦呢——噩梦也好呀,一身大汗,醒来了,你因摆脱了那片刻的恐惧,而在心里觉得平安地活着,真是太好了,你甚至在看到拂晓时的亮光已经照亮窗纸的时候,想哭一哭! 梦是上苍的恩赐!"他仰脸看着月亮,长叹了一声,"我不明白,天为什么独独薄我一家? 我不明白呀! 这世界,你是看到了,不如人意呀! 那长夜里再没有一个梦,人还怎么去活? 太难啦,真是太难啦……"

根鸟借着月光,看见板金的眼中闪烁着冰凉的泪光。他将皮囊递到了板金手中。

板金将皮囊摇晃了几下,听着里面的酒发出的叮咚声:"躲不开的十八岁终于来了! 就在那天夜里,我像我的祖辈们一样,突然地好像跌进了坟墓。那一夜,好像几十年、几百年,无边无底的黑暗。那黑暗推不开、避不开。终于醒来时,我就觉得自己心都老了。我坐在河坎上,望着河水,将脸埋在双腿中间哭起来……"

"喝点酒吧,喝点酒吧,板金先生。"

板金仰起脖子,大口大口地喝着酒。因为过猛,酒从嘴角流出,在月光下晶晶闪亮。

"眼见着,我自己的儿子已长到十岁了,我终于在一天晚上,离开了家。那时儿子已经熟睡。临出门时,我借着灯光,看到他的嘴角流露着甜甜的微笑。我知道,他正在做梦,做一个好梦。那时,我在心里发誓,我一定要让我的儿子,每天夜里,都能有梦陪伴着他,直到永远。内人一直将我送到路口,我说:'我一定要将梦找回来!'"

根鸟苦笑了一声:"梦怎么能找回来呢?"

"能!"板金固执地说,"一定能的! 我知道它在哪儿。梦是有灵性的,梦就跟你见过的树林、云彩、河流一样,是实实在在的,是真的,真真切切。它丢失了,但它还在那儿!"

"你到哪里去找呀?"

"西边。我知道它在西边。"

"你怎么能知道呢?"

"我当然知道!"板金回忆道,"就在丢失梦的头一天夜里,我梦见了我的梦消逝的情景。它像一群小鸟,一群金色的小鸟,落在一棵满是绿叶的树上,忽地受了惊吓,立即从树上飞起,向西飞去了,一直向西。当时,天空金光闪闪,好像飘满了金屑。不久,就一一消失了,无声无息地消失了,消失在了西边,只剩下一片黑色的天空……"

根鸟不由得站起身来,朝西边的夜空望去。

板金将皮囊放在地上,也站起来,将一只无力的手放在根鸟的肩上:"小兄弟,我们都是在做同样的事。我比你大得多,但我们是兄弟!"

空气里,飘来微弱的松脂气味。

"明天,我们就能到青塔。"板金说。

3

青塔是一个小镇。

根鸟和板金是在第二天中午时分,看到这个小镇的。他们走出荒漠,翻过最后一道大土丘之后,立即看到了一片森林,随即又看到了立在被森林包围着的一座小山上的塔。塔形细长,在阳光下呈青黑色。透过树木的空隙,他们依稀看见了小镇。那时正是午炊时间,一缕缕炊烟,正从林子里袅袅升起。那烟都似乎是湿润的。

根鸟顿时感到面部干紧的皮肤正在被空气湿润着,甚至感到连心都在变得湿润。

在往镇子里走时,板金说:"我们没有必要向他们诉说我们西行的缘由。"

根鸟不太领会板金此话的意思。

板金说:"让别人知道了,除了让他们笑话我们之外,你什么也得不到。一路上,我已受足了别人的嘲笑了。那天,你在路上问我为什么向西走,我没有立即回答你,也就是因为这个缘故。也许,这天底下两个最大的傻瓜,确实就是我俩。"

根鸟点了点头。

他们走进了小镇。镇上的人很快发现了他们。他们的体型、面相、脸色以及装束,告诉这个小镇上的人,这两个浑身沾满尘埃的人,显然来自遥远的地方。老人与小孩的、男人与女人的目光,便从路边、窗口、树下、门口的台阶上等各个地方看过来。他们意识到了自己的被看,下意识地互相看了看,发现自己确实与这个镇上的人太不相同了。因为是被看,他们显得有点尴尬与不安,尤其是根鸟,几乎不知道怎么走路了。板金将一只手放到根鸟的肩上。这一小小举动的作用是奇妙的:它使根鸟忽然地觉得他不是孤身一人,他可以满不在乎地看待这些目光。他甚至还有一种小小的兴奋——一种被人看而使自己感到与别人不一样、觉得自己稀奇的兴奋。

他们在小镇的青石板小街上走了不一会儿,居然从被看转而去看别人了:这里的人,穿着非常奇特,男人们几乎都戴着一顶毡帽,身着棕色的衣服,脚着大皮靴,女人们头上都包着一块好看的布,衣服上配着条状的、色彩艳丽的颜色,手腕上戴着好几只粗粗的银镯;这些人脸显得略长,颧骨偏高,眼窝偏深。根鸟印象最深的是那些孩子,男孩们或光着脑袋,或戴了一顶皮帽,那帽耳朵,一只竖着,一只却是耷拉着的,女孩们身着长袖长袍,跑动时,那衣摆与长袖都会轻轻飘动起来,无论是男孩还是女孩,眼睛都亮得出奇,使人感到躲闪不及。

他们在塔下一座废弃的小木屋里暂且住下了。他们决定在这里停留几日,一是因为身体实在太疲倦了,二是因为他们都已身无分文,且已无一点干粮。他们要在这里想办法搞点钱和粮食,以便坚持更漫长的旅程。

整整一个下午，根鸟都在睡觉。醒来时，已是傍晚了。

板金没有睡。他一直坐在那里。睡觉对于他来说，并不是一件让他高兴的事。他见根鸟醒来了，说："我们该到镇里去了。"

根鸟不解地望着板金。

"你难道还没有饿吗？"板金从行囊里取出一个瓦钵。

根鸟立即明白了板金的意思：到镇里乞讨。顿时，他的心中注满了羞耻感。他显得慌乱起来，把衣服的纽扣扣错位了。

"这就是说，你还没有乞讨过？"

根鸟点了点头。这些天，他一直在花着他离家时父亲塞给他的钱。那些钱，几乎是父亲的全部积蓄。他非常节省地花着，他还从未想到过他总有一天会将这些钱全部花光，到那时怎么办。这是一个让他感到局促不安的问题。他低垂着脑袋，觉得非常茫然。

"小兄弟，天不早了，我们该去了。"板金显得很平静，那样子仿佛要去赴一个平常的约会一般。

根鸟依然低垂着脑袋。

"走吧。"

"不。"

板金望着手中的瓦钵："我明白了，你羞于乞讨，对吧？"

根鸟不吭声。

"我们并不是乞丐，对吗？"板金望着根鸟。

"可你就是在乞讨。"

"乞讨又怎么样？乞讨就一定是很卑下的事情吗？"板金倚在木屋的门口，望着那座青塔说，"当我终于将身上的钱在那一天用完，开始考虑以后的旅程时，我的心情就像你现在的心情一样。记得，有两天的时间，我没有吃饭。渴了，我就跑到水边,用手捧几捧水喝,饿了,就捡人家柿子树上掉下来的烂柿子吃。那天晚上,我饿倒了。躺在草丛里,我望着一天的星光,在心中问自己:你离家出走,干什么来了？你要做的事情,不是一件卑下的事情,你是去寻找丢失了的东西,而且是最宝贵的东西。为了寻回这个东西,你应当一切都不要在乎——没有什么比寻回这个东西更了不得的事情了。"他转过身来说:"如果在家中,我板金还缺这些残羹剩菜吗？不瞒你说,我家在东海边上,有百亩良田,是个富庶人家。可当我失去了梦之后,这一切对我来说,又算得了什么？我必须去找回属于我和我的家族的东西。当那天我挣扎着起来,跑到人家的地里,用手刨了一块红薯坐在田埂上啃着时,那块地的主人来了。他看着我,一句话也没有说。但我从他的眼中看到了深深的鄙夷。但我要感谢这种目光,因为,它反而使我在那一刻突然地从羞耻感里解脱出来。这就像是一桩被隐藏着的不光彩的事情,忽然被人揭穿了,那个因藏着这件不光彩的事情而日夜在心中惴惴不安的人,反而一下子变得十分坦然了一样。我啃完了那只红薯,朝那人走过去,抱歉地说,我饿了,吃了你家一只红薯。我的平静,让那人吃了一惊。我对他说,我既不是小偷,也不是乞丐。但其他话,我什么也没有说。他也没有问我,只是说:去我们家吃顿饱饭吧。我说,不用了,我现在又可以赶路了……"

根鸟还是无法坚决起来。托钵要饭,他毕竟从未想过。他只记得自己曾经嘲笑过甚至耍弄过一个途经菊坡的小叫化子。

板金用树枝做成的筷子敲了敲瓦钵说:"就说这只瓦钵吧,是我捡来的。因为我离家出走时,就从未想到过我必须沿路乞讨。那是在一户人家的竹篱笆下捡到的。它或许是那人家曾经用来喂狗的,又或许是那人家曾用来喂鸡鸭的。但这又有什么?谁让你现在一定要往西走,去做一件应该做的事呢?我用沙土将它擦了半天,又将它放在清水里浸泡了半天。它是一只干净的钵子——至少是在我心中,它是一只干净的钵子。不要想着它过去是用来做什么的,你只想着它现在是用来做什么的,又是为了什么来用它的就行了。一切,你可以不必在意。你在意你要做的大事,其他的一切,你就只能不在意。那天傍晚,天像现在一样好,我托着这只钵子,开始了一路乞讨……"他又用筷子敲着瓦钵。那瓦钵发出清脆悦耳的声音。

但根鸟还是说:"你去吧,我不饿。"

板金没有再劝他,走出门去。他走了几步,回过头来说道:"你会去乞讨的,因为你必须要不停地往西走,去找你的大峡谷。"

4

正如板金所预料的那样,根鸟终于在第二天饿得快要发昏时,开始拿着板金给他从人家要来的一只葫芦瓢,羞愧地走进镇子。板金本来是可以多要一些东西回来吃的,但板金当着他的面,将一钵饭菜倒进了小木屋门前的河里。一群鱼闻香游过来,一会工夫就将那些饭菜吃完了。

根鸟先是跟在板金身后躲躲藏藏,但最终难逃一路的目光。他希望能像板金那样自然地、若无其事地走在镇上,但怎么也做不到。中午时,一个小女孩的目光彻底改变了他。当时,他正畏畏缩缩地走向一个人家的大门。此刻他希望板金能够在他身后或在身旁,然而板金却大步地走开去了。他只好硬着头皮走上前去。大门开着,一条小黑狗在屋内摇着尾巴,并歪着脑袋,用黑琉璃球一般的眼睛打量着他。他像躲藏似的将身体靠在墙上,而将手中的瓢慢慢地伸向门口。有很长一阵时间,那瓢就停在空中微微地颤抖着。

屋里静悄悄的。

根鸟终于用把握不住的颤音问:"屋里有人吗?"

从里屋走出一位老奶奶来。

根鸟举着瓢,但却将脑袋低垂着。他听见脚步声停止了片刻之后,又再度响起,但声音渐小。不知过了多久,脚步声又来了,并渐大。脚步声停止之后不久,他感觉到手中的瓢正在加重分量。

"奶奶,你在做什么?"

根鸟听出来了,那是一个小女孩的声音。她正从里屋往这边跑来。

"奶奶,你在做什么?"小女孩大概明白了奶奶在做什么,这句话的声音就慢慢低落下来,直低落得几乎听不见。

屋内屋外,都在沉默里。

"你可以走了,孩子。"老奶奶的声音里似乎并无鄙夷。

大概是出于感激之心,根鸟抬起头来想说句什么。就在这一刻,他看到了那个半藏在老奶奶身后的小女孩的眼睛。这双眼睛在长长的睫毛下,奇异但仍然十分清纯地看着他。这双眼睛突然使根鸟想到了深夜里的紫烟同样清纯的目光。惟一不同的是,紫烟的目光里含着忧伤与期望。也就在这一刻,根鸟内心深处的羞耻感随风而逝。他才忽然地彻底明白,他此刻到底在做什么。他像一个大哥哥一样,朝那女孩儿微微一笑。他就仿佛是这个人家的一个男孩儿,因吃饭时也惦着外面的事情,便托着饭碗走出家门一样,端着装满热气腾腾的饭菜的葫芦瓢,沿街走去。

中午的阳光非常明亮。

青塔镇的全体居民很快就知道了:青塔镇来了两个乞丐。但他们从这两个一老一小的乞丐眼中却竟然看不到一丝卑下。

除了乞讨,根鸟和板金还在这里想着一切办法去挣钱。

有些人好奇,想打听他们的故事,但看他们都不肯吐露,也就只好作罢。他们在给人家干活时,都十分卖力。青塔镇的人也就不嫌弃他们,任由他们在这里住着。

他们在这里一住就是十几天。他们当然希望每天都走在路上,但他们又必须不住地停下挣一些盘缠以便完成后面的路程。青塔这个地方,民风古朴,那些雇主,出手都很大方。他们当然不能轻易放弃挣钱的机会。

这天傍晚,根鸟和板金都将自己钱袋里的钱倒在地上。他们数了数,两人都感到心满意足。板金说:"明天,我们该离开这里上路了。"

晚上,他们不再乞讨,而是将自己洗得干干净净,走进了镇上的小酒馆。他们面对面地坐下,要了酒和菜。

坐在酒馆里的人都回过头来看他们。

回到小木屋,已是深夜了。

也就是在这天夜里,根鸟生病了。他是在天亮之后,才发现自己生病的。当时,板金一边收拾行囊一边催促他:"你该起来了,我们要早一点赶路。"他答应了一声,想起来,但立即感到头晕目眩,支撑着身体的胳膊一软,又跌倒了下去。

板金发现了根鸟的异样,问:"你怎么啦?"

根鸟含糊不清地回答着:"我起不来了。"

板金赶紧将手放在根鸟的额头上,随即惊讶地叫道:"好烫啊!"

根鸟正发着高热。他面赤身虚,嘴唇干焦,两只手掌却湿漉漉的。

根鸟说:"你先走吧,我比你走得快,我会赶上你的。"

板金摇了摇头:"你只管躺着,我出去一会儿。"

板金走后,根鸟在小木屋一动不动地躺着。他觉得血热乎乎地很浓稠地在血管里奔流,脑袋嗡嗡地响着,想事情总也想不清楚。他的眼皮沉得难以张开,眼珠好像锈住了一样难以灵活地转动,一副神志不清的样子。他又昏昏沉沉地睡去了。

板金去药店抓了药回来时,根鸟正在浑身哆嗦。他想控制住自己,可哆嗦却根本无法阻止。他缩成一团,仿佛是刚从冰窟窿里被人救出来似的。他的牙齿在格格格地碰撞着。他不知道自己到底怎么了,心里很害怕。

板金说:"你病得不轻呢。"他让根鸟吃了药。

根鸟心中很感歉疚。

板金觉察到了根鸟心中的念头,说:"我会留在你身旁伺候你的。"

根鸟的病并没有立即好起来。高烧一直持续了好几日也没完全退下去。板金请来了医生。医生看完病之后说:"这病要好利落,恐怕还得有一些日子。"他留下了一些药。

根鸟心中十分焦急。他总想起身,可总是被板金阻止了。

夜晚,当四周变得一片沉寂时,根鸟便会在心中思念起菊坡来。人在外生病时,往往要想家。有一阵,他居然想不起父亲的样子来,这使他非常着急和恐慌。他记不清他离开父亲到底有多少天了。他猜想着父亲在他走后是怎样度过那一个又一个清冷的日子的,心中不时会产生一股伤感。他希望能在梦中与父亲会面,但却一直没有这样的梦。

难得睡觉的板金很善解人意,总是坐在根鸟的身旁,由根鸟自己去絮叨他的菊坡、他的父亲。每当根鸟到了伤感处,板金总是安慰他:"你父亲会好好的。你现在要想的是让身体早点好起来,去实现他的意愿。"

在板金的精心照料下,根鸟的高烧终于退去。但因为身体虚弱,他还不适宜上路。

那天,板金坐在门口,正被阳光照着时,躺在那里的根鸟看到板金的头上已有了许多白发。那些白发在阳光下闪耀着惨淡的银光。不知道为什么,他的心头酸了一下,眼睛就湿了。过了一会儿,他说:"板金先生,你不用再等我了。"

板金摇了摇头。

"我的病已经好了,我很快就能上路,我一定能追上你的。"

又过了一天,板金出去后不久,领回两个人来。根鸟借着门口的亮光,认出了就是他第一天乞讨时看到的老奶奶和那个小女孩。板金说:"小兄弟,我真的不能等你了。我已把你托付给了这位好心的奶奶了。"

下午,当根鸟支撑着虚弱的身体,走进老奶奶家时,板金却在门口站住了。他对老奶奶说:"大娘,这可是天底下最好的孩子。"他在根鸟的肩上拍了拍:"我们还会相遇的。认识你真高兴。"说罢,背着行囊掉过身去。

"板金先生,你慢走。"眼泪已从根鸟的眼角滚下,然后又顺着他的鼻梁直往下滚动。

板金掉过头来,大声说道:"想着那个长满百合花的大峡谷!"

根鸟晃动着单薄的身体，力不从心地走出去几步，然后就一直站在那里向板金的背影摇手。

5

　　过了六七天，根鸟的病终于好利落了。但他没有立即上路。他要在青塔留下。他心中有了一个让他激动的念头——他要在这里挣钱买一匹马！产生这个念头，是在这一天的黄昏时分。当时，他正帮着老奶奶将一箩米从水磨坊往家里抬，忽然听到了鼓点般的马蹄声。随即，他就看到了一个中年汉子骑着一匹棕色的高头大马，从东边疾驰过来。那马的长尾横飞在空中，那汉子则抓着缰绳紧紧地伏在马背上。马从根鸟面前疾飞而过，使根鸟的耳边刷刷有风。那马朝霞光里跑去，不一会，就只剩下了一个黑点。夜里，根鸟就一直回味这个情景。那个念头也就生长起来。他不能再这样仅仅靠着双腿慢吞吞地走下去，他必须有一匹马。他可能因为挣钱而耽误时间，但有了马之后，耽误下的时间会很快补回来。他后悔这个念头来得太迟了，只觉得步行是十分愚蠢的。

　　根鸟没有向老奶奶说明他为什么要买一匹马，他又为什么要西行，只是说，他想在这里挣一笔钱买一匹马。老奶奶总觉得根鸟以及那个已经离去的板金，在他们心中藏着一个很了不起的心思，这两个神秘的人绝不是凡人。尽管，她什么也不清楚，但她在心中认定，这绝非是两个普普通通的流浪汉或乞丐。既然根鸟和板金都不愿意向她和她的家人说明一切，她也不便去追问。她只是在心中高看着这两个异乡人。那天，她指着根鸟的背影对孙女说："这位小哥哥，恐怕不是一般的人。"当老奶奶听说他要留下挣钱买马时,说:"我家房子大,你就只管住下。"她还为根鸟找了一份挣钱的活,让他随小女孩的父亲到后面的林子里去伐木。

又歇了两天,根鸟便跟着大叔走进了伐木场。

伐木场就在镇子后边,大概走一顿饭的工夫就能走到。根鸟的活,既不是挥斧砍伐,也不是与人抬那些粗大的松木,而是扛那些较细的杉木。离林子大约两里地,便是一条江。无论是松木还是杉木,都必须运到江边,然后将它们推入江中,让它们随江流往下游漂去。漂到一定的关口,在那里守着的一伙人再将它们编成木排,然后进入内河,运到各个地方。

大叔对根鸟说:"这是一个重活。你不必太老实,可挑一些细木扛。"

初见伐木场,倒也让根鸟很兴奋。远处,不时地看到一棵耸入云天的大树,随着咔嚓一声脆响而倒下,直将那些矮树与藤蔓砸得稀里哗啦,让人惊心动魄。那些巨木,得有八个人抬,遇到更大的,得有十二个人抬。扁担必须一起上肩,脚步必须统一迈开,那号子声在扁担未上肩时,就已经由其中一个声音洪亮并富有鼓动力的人喊开了:

> 杭育,杭育,
> 扁担长呀,扁担短呀,
> 腰别弯呀,腿莫软呀,
> 抬起脚呀,朝前走呀。
> 杭育,杭育,
> 朝前走呀,别发抖呀,
> 挣了钱呀,娶小妞呀,
> 热炕头呀,喝老酒呀……

根鸟

根鸟觉得十分有趣,并被那号子声感染,虽然只是扛了根细木头,也不由自主地随着那号子声的节奏,一步一步地往江边走。

根鸟扛着木头,心中总是想着一匹马。他把马想象成无数的样子,并想象着自己骑马走过村庄、田野,跨越溪流与沟壑时的风采。这样想着,他才能坚持着将木头一根一根地扛到江边。他不想偷懒,既然挣人家的钱,就得卖力气。然而,他的肩头毕竟还嫩,即使扛一根细木,走两里路,也不是一件容易的事情。常常是在离江边还有一大段路时,两腿就开始发软,肩膀也疼得难以忍受。身体一晃荡,长长的木头就在肩头翘上坠下地难以把握,不是前头杵到地上,就是木梢挨着了地面。每逢这时,根鸟就用双手紧紧抱住木头,咬牙将它稳住。

根鸟的窘样,已被那个叫黄毛的汉子几次看到。黄毛朝根鸟冷冷一笑:"这个钱不是好挣的。"

根鸟低下头,赶紧走开去。他不想看到那人的一头稀拉的黄发、一双蝌蚪一样的眼睛和那张枯黄色的面孔上嘲笑的神情。

根鸟的工钱是按木头的根数来计算的。因此,即使是那些伐木人都坐下来休息了,他还坚持着将木头扛向江边。他只想早点挣足买马的钱,早点上路,早点赶上板金,早点寻找到大峡谷。有时,当他将木头扛到江边,看那木头跌入滚滚的江水被冲走时,他也会有片刻的发愣,仿佛忽然怀疑起自己的行为来:我到底是在干什么?又是为了什么?他想瘫坐在江边,空空地看那江水东去。但,他很快就会振作起来,朝江水望一眼,又转过身走向伐木场。

日子就这样一天一天地过去了。最初几天,根鸟总觉得自己是在挣扎着做那一份活的。夜晚躺在床上，他全无别的感觉，有的只是腰腿酸痛和肩膀在磨破之后所产生的针刺一般的锐痛。但他忍受住了。再后来，他也就慢慢地适应了。虽然劳累，但已没有了开始时的痛苦。他的钱袋里已渐渐地丰满起来。夜晚它在他的枕边陪伴着他，使他觉得白天的劳累算不了什么。他计算着耽误了的日子，计算着人的双腿所走的速度和马所跑动的速度，觉得自己挣钱买马的举动完全是聪明的。他还为自己的聪明，很在心里得意了一番。

他只是嫌挣钱挣得太慢。过了一些日子，他居然跟大叔说："我也想抬松木。"

"你恐怕不行，这得有一把好力气。"

"让我试试吧。"

根鸟的个头在同龄人中算是高的，身体也还算是结实。与众人一起抬那巨木，虽然很勉强，但却硬是顶下来了。加上大叔暗中帮他，尽量少往他肩上着力，他居然一天一天地拿了抬松木的钱。

那黄毛不免有点嫉妒："屁大一个孩子，也居然与我挣一样多的钱！"

在粗野而快乐的号子声中，在扁担的重压之下，长时间被野外寒风侵蚀的根鸟，皮肤粗糙起来，眼中居然有了成年男人的神情。他不再像开始时听那号子而感到害羞了。他混在那些身上散发着汗酸味的人群里，也声嘶力竭、全身心投入地喊着那些号子。有时，汉子们会笑他。他的脸就会一阵发热，但沉默不了多一会儿，他就又会把害羞一点点地淡化了，而与那些人迈着同一的脚步，把那号子大声地在森林里、在通往江边的路上喊起来。

这天，他坐在林中的小溪边与那些伐木人一起休息时，突然发现小溪里的水开始饱满起来,并见到那一直不死不活的流淌变成了有力的奔流。他再去眺望不远处低矮的山梁,发现山头的积雪已经开始融化,而露出潮乎乎的黑顶。"冬天快要过去了。"他心里不由得一阵兴奋,站起身来。这时,他看到高大的松树,正在阳光下滴滴答答地流着雪水。

总是蒙在青塔镇上空的冬季阴霾,终于在一天早晨被南来的微风吹散。小镇开始明亮起来,街道似乎拓宽了许多,人们的脸色也鲜活起来。甚至连狗与猫都感到了一个季节的逝去而另一个季节正从远方踏步而来,在街上或土场上欢乐地跑动着,那狗的吠声都似乎响亮了许多。镇子南边的那座塔,也变得十分清晰,在天空下静穆地矗立着,等待春季的来临。

根鸟数了数钱袋里的钱,又打听了买一匹马的钱数,心里有底了:当春天真的到来时,他便可以骑着一匹马,优雅地告别青塔镇而继续他的旅程。

半个月后的一天早上,他把钱袋揣在怀里,来到离青塔镇大约五里地的骡马市上。

这里有许多马。它们来自四面八方,其中有一些来自北方的草原,是真正的骏马。它们或拴在树上,或拴在临街吊脚楼的柱子上,或干脆被主人牵在手中。一匹匹都很精神,仿佛一有风吹草动,它们就会长嘶一声,腾空而去。

根鸟显出一副很精明的样子,在人群中转悠,却并不让人看出他要买一匹马。他看人们品评马,听着买卖双方讨价还价时近乎于吵架的声音。

临近中午时,根鸟已经看中了一匹黑马。那马的个头并不算十分高大,但异常矫健,毛色如阳光下的绸缎,两眼晶晶闪亮,透出无尽的活力与奔驰的欲望。他已摸清了马的岁数以及卖出的钱数。他的钱是够了，但，果真照这个钱数买下，他的钱袋便几乎是空的了。他让自己沉住气熬一熬时间。他不怕它被别人买去，因为他一直在观察，并无多少人去打听这匹马的身价。他满有把握能在今天用少一点的钱将它买下。他还想去看看是否有比这匹更好更合算的马，便看了一眼那匹黑马，暂且走开了。

根鸟正走着，忽听有人在后面叫他："根鸟！"

根鸟掉头一看，是那个黄毛，便站住了。

"你是来买马的？"黄毛用手指梳着他稀稀拉拉的黄发。

根鸟点了点头。

"走，咱们去那边的酒馆喝点酒。"

"我……"根鸟支吾着，"我就不去了。"

黄毛指着根鸟的鼻子："不给我面子？"

"不，不不不，我不会喝酒。"

"不会喝，对吧？那你就陪你大哥喝一杯如何？别忘了，我们一起抬了整整一个冬季的木头，这点交情总还是有的吧？"

根鸟掉头望着那匹黑马。

"你想买那匹黑马，对吧？它跑不掉。听我说，熬到下午，你要省下不少钱。你要钱用。你要走路。你要干什么去，你不肯说，我也不打听。但你肯定需要钱。那是你的血汗钱，能省则省。万一那匹黑马被人买去了，大哥我再帮你另选一匹。对你说你大哥是相马专家，祖上三代，都是吃相马这碗饭的。我就站在这里瞧，告诉你，那黑马算不得一匹上乘的马。"黄毛说罢，拉住了根鸟的胳膊，直将他朝一家酒馆拉去。

根鸟也就只好跟着黄毛。

进了酒馆，黄毛将根鸟按在凳子上："你就只管踏踏实实地坐着。今天,我请客。我知道你马上就要离开青塔了,算大哥为你饯行,谁让我喜欢你这个小兄弟呢!"

根鸟反而很不好意思了:"黄毛大哥,还是我来请你吧。"

"你算了。我知道你路上要钱用。我又不出门,要钱有什么用?"黄毛朝柜台叫着,"掌柜的,切一大盘牛头肉,来一壶烧酒,再来两只酒盅。"

根鸟忽然觉得,这个黄毛原是个侠肝义胆之人,自己过去对他的印象全是不对的。加之即将分手,心中不禁顿生一分亲切与惜别之情,竟安静地坐在那儿不动,只管将自己看成是一个弱小且又乖巧的小弟,等着大哥的一番心意。

黄毛给根鸟斟了满满一盅酒:"喝,兄弟!"

根鸟今天还真有喝酒的冲动,竟一仰脖子,将一盅酒全都倒进嘴中。

"从你扛木头的那一天起,我就看出你是一个好样的。有种!没有种,能独自一人走天下?你,兄弟,你想想,你明天就要骑着一匹马,独自一人往前走,那是一番什么情景?你过村庄,走草地,你好风光!兄弟,你就像个游侠!"黄毛一边说,一边又将根鸟面前的酒盅斟得满满的,"来,喝!"

根鸟糊里糊涂地就喝了好几盅。他觉得满脸发涨,且又惦记着外面的那匹黑马,便说:"黄毛大哥,我不能喝了。"

但他怎能抵挡得住黄毛的劝酒?那黄毛口若悬河,滔滔不绝,直说得根鸟心头发热,全无一点主张,懵头懵脑之际,又喝了好几盅。他是没有多大酒量的,不一会儿工夫,就觉得天旋地转,但也兴奋不已,居然不用黄毛再劝,自斟了两盅,又喝下肚去,然后在嘴中含糊不清地说着:"我,根鸟,明天,就骑一匹大黑马,往西,一直往西,去寻,寻找一个峡谷,一个大峡谷……"

6

　　根鸟于朦胧之中,发现自己躺在街口的一棵大树下。他回忆不起来,自己为什么会躺在这儿,只觉得自己是在梦中。街上有一条狗正朝他走过来,停在他身边。不一会儿,那狗竟然用软乎乎、湿乎乎、热乎乎的舌头舔他。他猛一惊,出了一身冷汗,便彻底醒来了。那狗见根鸟坐了起来,撒腿就跑,跑了几步还回过头来瞧瞧。

　　此时,已近傍晚,晚风正从林子里吹过来。

　　根鸟坐在风中,起初只是想起他与黄毛曾在酒店喝酒,在心中对自己说道:我怕是喝醉了,倒在了这里。直到他看见有人牵着一匹老马沿街朝西走去,才突然想起买马的事。当他将手立即伸进怀中去摸自己的钱袋而发现怀中空空时,一下从地上蹦了起来。他一边在身上慌乱地摸着,一边转着身体,四下里寻找着,不一会儿,额头上就冷汗淋淋。"我的钱包!我的钱包……"他不住地叫着,眼泪马上就要下来了。

　　"要是被黄毛暂且收了起来呢?"他心中忽然有了一种侥幸,便摇晃着仍被酒力霸占着的身体,去寻找黄毛。他不时地问街上的行人:"见到过黄毛吗?"都说没有见到。他便往青塔走。黄毛可能已经回到青塔了。他快走进青塔时,才在心中忽然悟出:黄毛是存心灌醉我的,黄毛是为了那个钱袋! 根鸟越想越觉黄毛可疑,越想越觉得自己的这一想法是确切的。他心中满是愤恨。

　　黄毛并没有回青塔。有人告诉他,黄毛仍在骒马市,这会儿恐怕正与女人鬼混呢。

天已黑了。根鸟又返回骡马市。他终于找到了黄毛。当时，黄毛正与一个妖冶的女人在昏暗的灯光下紧挨着身体喝酒。

根鸟倚在门框上，指着黄毛："还我的钱袋！"

黄毛放下酒盅，但仍将一只胳膊放在那个女人的肩上。他望着那女人："这小孩在说什么？"

"还我的钱袋！"根鸟走进了屋里。

"钱袋？钱袋？我不明白你在说什么！"

"你偷了我的钱袋！"

"偷了你的钱袋？"黄毛索性用双臂搂住了那女人的脖子，并在那女人肩上笑得直颤抖，颤抖得骨头咯吱咯吱地响，"哈哈哈……哈哈哈………我偷了你的钱袋？我偷了你的钱袋？"他突然将那女人放开了，冲着根鸟说："你再敢说一个'偷'字，我就敢扇你的耳光！"

根鸟说："你就是偷了我的钱袋！"

黄毛推开了那女人，朝根鸟走过来："你这个臭外乡佬！看来，你今天是一定想尝尝老子的拳头了！"

根鸟顺手操起了一张椅子，将它高高举起："还我钱袋！"

黄毛不怕根鸟手中的椅子，依然走过来，眼中满是凶恶的光芒。

根鸟只有与黄毛相拼、夺回钱袋的念头，根本不去考虑自己是否是黄毛的对手。他举着椅子冲过去，用力砸向黄毛的脑袋。

那女人尖叫一声，抱着头躲到墙角里。

椅子虽然没有砸中黄毛的脑袋，却将他用来挡住椅子的胳膊重重地砸了一下。他呻吟着，甩着那只受伤的胳膊，骂骂咧咧地朝根鸟扑过来。

根鸟还想再操一件东西来打击黄毛,却被黄毛一把揪住了衣领。

黄毛将根鸟一直抵到墙上:"小兔崽子,老子好心请你喝酒,还喝出毛病来了! 鬼知道你将钱袋丢到什么地方去了!"他狠狠踢了根鸟一脚:"你要是不想瘸着腿离开青塔,就给我快滚!"

根鸟一脚踢在黄毛的裆下。

黄毛立即松手,并弯下腰去,用双手捂住那个地方,歪着脑袋,龇牙咧嘴地看着根鸟。

"还我钱袋!"根鸟从刚才那张砸坏了的椅子上扳下一根腿来,紧紧地抓在手中。他的样子一定十分可怕,因为黄毛往后退缩了。

"还我钱袋!"根鸟用椅腿猛击了一下桌子。

黄毛靠着墙,一手依然捂在那地方,一手做出阻挡的动作,慢慢往门口走:"好好好,咱们出去说,咱们出去说……"

根鸟就用一对瞪得鼓鼓的眼睛盯着黄毛。

黄毛上了街,面朝着根鸟,一边往后退,一边矢口否认他拿了根鸟的钱包。

根鸟抓着椅腿,一步一步地跟着。

许多人站到街边看着。

"还我钱袋!"根鸟不时地大叫一声。

黄毛朝围观的人说:"他钱袋丢了,说是我拿的。我怎么会拿他的钱袋!"

黄毛终于退到街尾的黑暗里。这时,他突然转身,朝更浓重的黑暗里跑去。

根鸟循着黄毛的脚步声,紧紧地追上去。

黄毛是在朝青塔方向跑。

前面就是树林，黄毛的脚步声忽然消失了。

　　根鸟抓着椅腿追进了树林。他在黄毛脚步声消失的地方站住，想发现黄毛的身影，无奈林子里更黑暗，什么也看不清楚。他转身寻找着，四周却毫无动静。他不住地叫着："还我钱袋！"叫着叫着，声音就变成了哭腔："我要我的钱袋，我要我的钱袋……"

　　一条黑影从一棵大树的背后朝根鸟扑过来，一下子将根鸟扑倒在地上，并迅捷地夺走了根鸟手中的椅腿。

　　根鸟企图从黄毛的身体下挣扎出来，但没有成功。他被压得喘不过气来，但还在嘴里不住地叫着："我要我的钱袋，我要我的钱袋……"后来，他往黄毛脸上啐了一口唾沫。

　　黄毛扔掉了椅腿，用拳猛击着根鸟的头部，直打得根鸟没有声息。

　　黄毛放开了根鸟："你趁早给我滚出青塔！"他拍了拍手，往地上啐了一口，然后哼唱着一首下流小调往前走去。

　　已看见青塔的灯光时，黄毛的后脑勺遭到了一块石头的打击。他晃了几下，差点摔倒在地。他慢慢清醒过来时，看见了根鸟。"你真的是不想活了！"说罢，扑过来，又揪住了根鸟的衣领，然后猛地将根鸟抵在一棵树上。

　　根鸟这回没有挣扎，只是含着眼泪说着："我要我的钱袋，我要买马，我要骑马向西去，我要去找一个大峡谷，找一个叫紫烟的女孩子……"

　　黄毛不想再与根鸟啰嗦下去："我听不明白你在胡说些什么！我只知道让你赶快滚开！"说罢，残暴地将根鸟的脑袋连续不断地往树干上猛烈撞击，直到他自己感觉到心里已经痛快了，才松手。

　　根鸟顺着树干瘫了下去。

根鸟醒来时,发现自己躺在一张松软的大床上。那是一间大屋,大得似乎深不可测。桌子上,有一盏油灯。离大床不远的地方,还有一只火盆,那里头的木柴还在红红地燃烧,把温暖朝四面八方扩散着。他正疑惑着,听到了一阵脚步声。不一会儿,他就从灯光里看见了一位驼背的老僧人。他身披一件朱红的袈裟,低头合掌,道一声:"阿弥陀佛!"

"我这是在哪儿?"

"你在一座寺庙里。"

"您救了我?"

老僧人没回答,转身过来,将几块木柴添进火盆:"你从哪儿来?又到哪儿去?"

根鸟鼻头一酸,眼泪夺眶而出。他向老僧人诉说了一切。

老僧人拨动着火盆,让火更旺地来暖和屋子。

"您不会也笑话我傻吧?"根鸟问。

老僧人摇了摇头,然后说道:"你明天一早,就可以骑着马西去了。"

"马?我已经没有钱买马了。"

"门前的桂花树下就拴着一匹白马。它对于我来说,全无一点用处。"

"我怎么能要你的马?"

"难道你不想早点见到那个大峡谷吗?"

根鸟无语。

"你只管骑着它去吧。"他缓慢地迈着脚步,朝棕色的帐幔走去,"你早点休息。明天早上,恕我不能见你。一路当心。"他撩起帐幔。有片刻的时间,他停在了那里。

根鸟一直未能看到老僧人的脸。当老僧人即将要消失于帐幔背后时,他心中十分希望能够一睹老僧人风采,但他最终也未能如愿。他能看到的，只是老僧人那只撩帐幔的手。那只手却也使他终身难忘：他从未见到过这样的手，它显然衰老了，但却是优雅万分；那五根手指，以及手指与手掌连成一体所呈现出的姿态，透露着根鸟说不清道不白的东西。

帐幔在那只手中滑落下来，老僧人如梦一般消失在帐幔背后。

正当根鸟朝帐幔怔怔地看着时，窗外传来一声马嘶。他撩开窗帘，只见室外月光如水，一匹体态优美的白马正立在桂花树下：它的两条前腿中的一条弯曲着，便有一只马蹄漂亮地悬在空中。

根鸟久久地望着窗外的这道风景。

第二天，他遵照老僧人的嘱咐，没有去惊动老僧人，轻轻走出寺庙，解开缰绳，骑上了马背。

那马气宇轩昂，英姿勃勃，未等根鸟催它，便心领神会一般，朝青塔风一般跑去。

背上行囊，告别了奶奶一家人，根鸟骑上白马，开始中断了一个冬季的旅程。当马走出青塔镇时，他催马朝那座寺庙跑去。他心里还是渴望看那老僧人一眼。然而，令他百思不得其解的是，他却怎么也找不到那座寺庙了。他问路上行人，他们有的说，青塔边上确实有座寺庙，而有的居然肯定地说，青塔一带从未有过寺庙。他找到中午，也未能找到这座寺庙。而那马似乎厌倦了寻找，总是将脑袋冲着西方，欲要西去。

"我肯定是迷路了。"根鸟打消了寻找寺庙的念头，在心中道一声"老僧人，再见了"，双腿一敲马肚，那白马便飞也似的奔跑在被春天的阳光洒满的荒寂野道上……

第三章 鬼 谷

1

根鸟骑着马,沿着江边,一直往西。

马大部分时间是走在悬崖边。走到高处,根鸟不敢往下看。江流滚滚,浪花飞溅,并传出沉闷的隆隆声。根鸟总在担心马失前蹄的事情发生,而那马却总是如履平地的样子,速度不减地一往无前。

从上游不时地冲下来一根木头,远远看过去,仿佛是一条巨大而凶猛的鱼在江流中穿行。根鸟宁愿将它们看成是鱼,在马背上将它们一一盯住,看它们沉没,看它们被江中巨石突然挡住而跃入空中又跌落江水,看它们急匆匆地向下游猛地窜来。当它们到了眼前,已明晃晃是一根根木头,再也无法将它们看成鱼时,根鸟总不免有点失望。

根鸟有时会仰脸看对面山坡上的羊。它们攀登在那么高的峭壁上,只是为一丛嫩草和绿叶。青青的岩石上,它们像一团团尚未来得及化尽的雪。

对面的半山腰里,也许会出现一两个村落。房屋总浮现在江上升起的薄雾里。根鸟希望能不时地看到这些村落。几天下来,他还发现了一个小小的规律:只要看见铁索桥,就能见到村庄和散住的人家。因此,在见到村庄之前,他总是用目光去搜索江面上的铁索桥。那铁索桥才真叫铁索桥,仅由两条不粗的铁索连结着两岸,那铁索上铺着木板,高高地悬在江面。它们最初出现在根鸟的视线里时,仅仅是一条粗黑的线。那根线在空中晃悠不停,却十分优美。马在前行,那根线渐渐变粗,直到看清它是铁索桥。

每到铁索桥前,根鸟总有要走过去的欲望。他扯住缰绳,目光顺着铁索桥,一直看过去,直到发现林中显露出来的木屋。有时江面狭窄,雾又轻淡,根鸟就会看到江那边的人。这时,他就会克制不住地喊叫起来:嗷——嗷嗷——

山那边的人也觉得自己在无尽的寂寞里,听到对岸有人喊叫,就会扯开嗓门回应着:嗷——嗷嗷——同样的节奏,算是作答与呼应,不让根鸟失望。

这种此起彼伏的呼喊,后来随着根鸟的远去,终于消失,于是又只剩下江水的浩荡之声。

这天下午,转过一道山梁,阳光异常明亮地从空中照射下来。根鸟一抬头,发现不远处的路上,有一个人骑着一匹黑马也正在西行。他心中不免一阵兴奋,紧了紧缰绳,白马便加快了脚步朝那马那人赶去。

根鸟已能清清楚楚地看见那个马上的人了:他披着一件黑斗篷,头上溜光,两条腿似乎特别长,随意地垂挂在马的两侧。根鸟不由自主地在心里给他起了一个名字:长脚。

长脚听到后面有马蹄声,便掉转头来看。见到根鸟,他勒住马，举起手来朝根鸟摇了摇。

根鸟也朝长脚举起手来摇了摇，随后用脚后跟一敲马肚。白马就撒开四蹄，眨眼工夫，便来到长脚跟前。

"你好。"长脚十分高兴地说。

"你好。"根鸟从长脚红黑色的脸上感到了一种亲切。这种亲切在举目无亲的苦旅中，使根鸟感到十分珍贵。

长脚是个中年汉子。他问道："小兄弟，去哪里？"

根鸟说："往西去。"随即问长脚："你去哪里？"

长脚说："我也是往西去。"

根鸟又有了一个同路人。尽管他现在还无法知道长脚究竟到底能与他同行多远的路，但至少现在是同路人。根鸟又有了独自流落荒野的羊羔忽然遇到了羊群或另一只羊时的感觉。再去看空寂的江面与空寂的群山时，他的心情就大不一样了。在如此寂寞的旅途上，一个陌生人很容易就会成为根鸟的朋友。

他们互相打量着。两匹马趁机互相耳鬓厮磨。

根鸟眼前的长脚，是一个长得十分气派的男子。他的目光很是特别。根鸟从未见到过如此深不可测的目光。那目光来自长而黑的浓眉之下，来自一双深陷着的、半眯着的眼睛。最特别的是那个葫芦瓢一般的光头，在阳光下闪闪发亮，使长脚显得格外的精神，并带了一些让根鸟喜欢的野蛮与冷酷。长脚似乎意识到了这颗脑袋给他的形象长足了精神，所以即使是处在凉风里，也不戴帽子，而有意让它赤裸裸的。

根鸟从长脚的目光中看出，长脚似乎也十分喜欢他的出现。长脚的目光里有一种掩饰不住的兴奋。

"走吧。"长脚说。

正好走上开阔一些的路面，两匹马可以并排行走。

路上，根鸟问长脚："你可见到一个背行囊往西走的人？"根鸟的心中不免有点思念板金。尽管他心里明白，按时间与速度算下来，长脚是不会遇上板金的，但他还是想打听一番。

长脚摇了摇头："没有。"

一路上，长脚不是说话，就是唱歌。他的喉咙略带几分沙哑，而这沙哑的喉咙唱出的粗糙歌声与这寂寞的世界十分相配。长脚在唱歌时，会不时把手放在根鸟的肩上。根鸟有一种深刻的感觉：长脚是一个非常容易让人感到亲近的人。

傍晚时分，他们来到了一座小镇。

在一家客店门口，长脚将马停住了："今晚上，我们就在这里过夜。"

根鸟不免有点发窘："我不能住在这里。"

"那你要住到哪里去？"

"我就在街边随便哪一家的廊下睡一夜。我已这样睡惯了。"

长脚跳下马来，并抓住根鸟的马缰绳说："下来吧，小兄弟。这个客店的钱由我来付。几个小钱，算得了什么。"

根鸟很不好意思，依然坐在马上。

长脚说："谁让我们已经是好朋友了呢？下来吧，我一个人住店也太寂寞。"

根鸟忽然觉得由长脚来为他付客店费，也并不是一件多么让人过意不去的事。长脚的豪爽，使根鸟在跳下马来时的那一刻，不再感到愧疚了。他牵着马跟着长脚走进了客店的大院。

店里的人立即迎出来："二位来住店？"

长脚把缰绳交给店里的人："把这两匹马牵去喂点草料，我们要一间好一点的房间。"

店里人伺候长脚和根鸟洗完脸,退了出去:"二位,有什么吩咐,尽管说。"

稍微歇了歇,长脚说:"走,喝酒去!"

小镇还很热闹,酒馆竟然一家挨着一家。长脚选了一家最好的酒馆,把胳膊放在根鸟的肩上说:"就这一家。"便和根鸟往门里走去。根鸟看到,灯笼的红光照着长脚的脸,从而呈现出一派温暖的神情。根鸟心中不免生出一股感激之情。

就在这天夜里,躺在舒适的床上,喝了点酒而一直感到兴奋的根鸟,在半明半暗的烛光下,向长脚讲了一切:白鹰、布条、峡谷、紫烟……

长脚始终没有打断他的话,而只是不时地点一下头,发出一声:"嗯。"

根鸟已很久很久未能向人吐露这一切了。他几乎已经麻木了。他在行走时,常常是忘了他为什么行走的。在这春天的夜晚,闻着从院子里飘进来的花的香气,重叙心中的一切,根鸟又回到了那种圣洁而崇高、又略带了几分悲壮的感觉里。他的目光里又再一次流露出一种无邪的痴迷与容易沉入幻想的本性。他觉得,长脚是一个善解人意、最让他喜欢倾诉的人。

确实如此。长脚在听的过程中,一直让根鸟觉得自己在鼓励他说下去。而在听完根鸟的诉说之后,他没有一丝嘲笑的意思,而呈现出一副被深深打动的神情。

第二天,长脚对根鸟说:"我想在这小镇上停留一两日,不知你还是否愿意与我在一起?"

根鸟犹豫着。

长脚说:"也不在乎一两天的时间。"

"好吧。"但根鸟不太明白长脚为什么要在这里停留。

长脚似乎看出了根鸟心中的疑问，说："后面那段路不好走，我们要歇足了劲。"

吃罢早饭，长脚就领着根鸟在街上转悠。不久，根鸟发现，长脚在街上转悠时，并无一丝要看这小镇风情的意思。长脚总是用目光打量着街上的行人，而当他在这些行人之中发现流浪者、乞讨者或一些显然是孤身一人而别无傍依的，就会表现出浓厚的兴趣。这时，他就会走过去，与那些人搭话，并问寒问暖，一副悲天悯人的样子。那样子使根鸟很受感动。

一个巷口。一个十四五岁的男孩儿瘫坐在地上。

长脚说："过去看看。"

那男孩儿瘦骨伶仃，两只眼睛大大的，身边是一个破破烂烂的铺盖卷。

长脚蹲下去。他一点也不嫌弃那个男孩儿的肮脏，竟然伸出大手在那个男孩儿秋草一般纠结着的头发上抚摸了几下："家在哪儿？"

那男孩儿有气无力地看了长脚一眼："我没有家。"

长脚又问："你去哪儿？"

那男孩儿说："我也不知道去哪儿。"

长脚没有说什么，走进一家饭馆。过了不一会儿，他端来满满一大碗饭菜，递到那个男孩儿手上："吃完了，别忘了将碗送到那家饭馆里。"

那男孩儿呆呆地望着长脚。

长脚说："我要在这里呆上几天。你且别远走。只要我在这镇上呆上一天，你就一天不愁饭吃。"说完，怜爱地拍了拍那男孩儿的头，然后对根鸟说："我们再往前走。"

跟在长脚的身后，根鸟心中想：长脚是一个什么样的人呢？

午饭后，长脚叫根鸟在店中独自歇着，一个人上街去了，直到傍晚才回客店。

晚上，长脚又将根鸟带进一家酒馆喝酒。回到客店时，小镇已无行人了。

烛光下，长脚说："我看出来了，你要着急上路。可我还要在这里呆上几天。"他望着根鸟，说："昨天夜里，你对我说，你曾见到过一只白色的鹰，对吗？"

根鸟有点疑惑不解地望着长脚。

"是不是一只白色的鹰？"

"是的。"

"还梦到了一个大峡谷。那峡谷里长满了百合花，对吗？"

根鸟点了点头。

长脚说："小兄弟，算你幸运，你认识了我。继续往西去吧。你离那个大峡谷已剩下不几天的路程啦。"

根鸟吃惊地望着长脚："你知道那个大峡谷？"

长脚："你只管往西走吧。"

"你说不几天就能走到？"

长脚说："你必须要见到一个人。这个人知道那个大峡谷在哪里。"

"我怎么才能见到这个人？"

长脚说："你一直往西走。大约三天后，你就可以走到一个峡谷口。看见那个峡谷口，你千万不要因为看到眼前全是乱石、也没有一条像样的路而犹豫，就止步不前。别担心，继续往前走。再用半天的时间，你就会看到山坡上有一间木屋。你就走过去。那木屋里有人，你就将我写的信——我马上就给你写，交到一个叫黑布的人手上，他就会告诉你大峡谷究竟在什么地方，他甚至会带着你一直找到那个大峡谷。我衷心祝愿你能很快救出那个叫紫烟的女孩儿。我从一开始就相信有这件事。"

根鸟简直不敢相信长脚的一番话。

长脚说:"你见到那间木屋,见到那个叫黑布的人,一切就会明白了。"说完,就去写信。

根鸟在长脚写信的时候,心里一直十分激动。伏案写信的长脚将他宽厚的身影投在墙壁上。根鸟在心里由衷地感谢上苍居然让他认识了这样一个人。他要在心里一辈子记住这个人。想到不久就要结束这长长的苦旅,就要梦想成真,根鸟简直想哭一哭。

长脚写信的样子十分潇洒,仿佛他天天坐在案前写一封同样的信,已不需要任何思索。那笔在纸上迅捷地滑动,犹如一阵风吹进巷口,那风便沿着深深的巷子呼呼向前。

长脚将信写好后,交给根鸟:"你不想看一下吗?"

根鸟是识字的,但根鸟不认识这封信上的任何一个字。它是一种别样的文字。那文字仿佛是蛇在流沙上滑行,扭曲的,却在微微的恐怖中流露出一种优美。

根鸟摇了摇头:"我不认识。"

长脚将那封信拿过来,折好后再重新交到根鸟手上:"黑布认识这些文字。"

根鸟问长脚:"我们还会再见面吗?"

长脚一笑:"我想,我们还是会再见面的。"

这天傍晚,根鸟果然见到了长脚所说的那个峡谷口。

根鸟骑在马上,向西张望着。这是一条狭长的峡谷。尽是乱石,它们使人想到这里每逢山洪暴发时,是洪水的通道。那时,洪水轰隆轰隆从大山深处奔来,猛烈地冲刷着石头,直把石头冲刷成圆溜溜的,没有一丝尘埃。根鸟低头一看,立即看出了当时洪水肆虐时留下的冲刷痕迹。晚风阴阴地吹拂着根鸟，使他不由自主地打了一个寒颤。

白马朝黑洞洞的峡谷嘶鸣起来，并腾起两只前蹄。

根鸟真的在马上犹豫了。他望着这个峡谷，不知为什么，心里生出了一种难以说清的疑惑。

天已全黑了，几颗碎冰碴一般的星星，在荒老的天幕上闪烁。

根鸟忽然用脚后跟猛一敲马肚。他要让马立即朝峡谷深处冲去。然而，令根鸟不解的是，一向驯服听话的白马，竟然不顾根鸟的示意，再次腾起前蹄，长长地嘶鸣着。根鸟只好从腰中抽出马鞭，往白马的臀部抽去。白马勉强向前，但一路上总是不断地停住，甚至在根鸟没有防备的情况下，突然调转头往回跑去。最后，根鸟火了，用鞭子狠狠地、接连不断地抽打着它。

四周没有一丝声响。峡谷仿佛是一个无底的洞。

半夜时分，已经疲倦不堪的根鸟见到了前面的半山坡上似乎有一星灯火，精神为之一振。他揉了揉眼睛，等终于断定那确实是灯火时，不禁大叫了一声，把厚厚的沉寂撕开了一个大豁口。

那温暖的灯光像引诱飞蛾一样引诱着根鸟。

在如此荒僻的连野兽都不在此出入的峡谷里居然有着灯光，这简直是奇迹，是神话。这种情景，也使根鸟不知为什么感到了一丝恐怖。

一间木屋已经隐隐约约地呈现了出来。

白马却怎么也不肯向前了——即使是根鸟用鞭子无情地鞭打它，它也不肯向前。根鸟毫无办法，只好从马背上跳下，然后紧紧扯住缰绳，将它使劲朝木屋牵去。

灯火是从木屋的两个窗口射出的。那两个窗口就仿佛是峡谷中一个怪物的一对没有合上的眼睛。

根鸟终于将马牵到了小木屋的跟前。"反正已经到了,随你的便吧。"根鸟将手中的缰绳扔掉了,拍了拍白马,"就在附近找点草吃吧。"

根鸟敲响了小木屋的门。

过了一会儿,门打开了。一个肥胖的家伙站在灯光里,问:"找谁?"

根鸟说:"我找一个叫黑布的人。"

"我就是。"那人说道,并闪开身,让根鸟进屋。

根鸟从怀中掏出长脚写的信,递给黑布。

黑布走到悬挂在木梁上的油灯下,打开信,并索索将已打开的信抖动了几下,然后看起来。看着看着,嘿嘿嘿地笑起来。声音越笑越大,在这荒山野谷之中,不免使人感到毛骨悚然。

木屋里还有两个人正呼呼大睡,被黑布的笑声惊醒,都坐了起来。他们揉着眼睛,当看到屋里站了一个陌生的少年时,似乎一切都明白了,与黑布交换了一下眼色,也嘿嘿嘿地笑起来。

根鸟惶惑地看着他们。

黑布说:"好,送来一个人,还送来了一匹马。老板说,那马归我了。还是匹好马。"他对一个坐在床上的人说:"疤子,起来去看看那匹马,把它拴好了。"

叫疤子的那个人就披上衣服,走出木屋。

黑布坐了下来,点起一支烟卷来深深地抽了一口,问根鸟:"知道你是来干什么的吗?"

根鸟说:"我是来请你指点大峡谷在什么地方的。"

"什么？什么大峡谷？"

根鸟就将事情的经过告诉了黑布。他一边说，一边在心中生长着不安。

黑布听罢，大笑起来，随即将脸色一变："好，我来告诉你。"他用右手的手指将拿在左手中的信弹了几下："这上面写得很清楚，你是来开矿的！"

根鸟吃惊地望着黑暗中的黑布："开矿？开什么矿？"

黑布说："你明天就知道了！"

根鸟忽然意识到了什么，一边望着黑布，一边往门口退去。估计已退到门口了，他猛地掉转身去。他正要跑出门去，可是，那个叫疤子的人将双臂交叉着放在胸前，堵住门口。

黑布不耐烦地说："老子困得很。你俩先将他捆起来，明日再发落！"

于是，床上的那一个立即从床上跳下来，从床下拿出一根粗粗的绳索，与疤子一道扭住拼命挣扎的根鸟，十分熟练地将他结结实实地捆了起来，然后将他扔到角落里。

这时疤子对黑布说："我下去时，远远看见一匹马来着的，但转眼的工夫就不见了。"

"明日再说吧，它也跑不了！"黑布说。

第二天一早，根鸟被黑布他们押着，沿着峡谷继续往前走。路上，根鸟听疤子对黑布说："怪了，那马不知跑到什么地方去了。"黑布说："可能跑到山那边的林子里去了。且别管它，总有一天会逮住它的。"根鸟就在心中祈祷：白马呀，你跑吧，跑得远远的。

大约在中午时分，当转过一道大弯时，根鸟看到了一个令他十分震惊的景象：一片平地上，盖有十几间木屋，有许多人在走动和忙碌，不远处的一座小山脚下，忙碌的人尤其多，那里似乎在冶炼什么,升起一柱浓浓的黄烟。荒寂的山坳里居然一派紧张与繁忙。

黑布踢了踢脚下的一块石头,对根鸟说:"这就是矿!"掉头对疤子说:"将他带走,钉上脚镣,明天就让他背矿石去!"

根鸟被带到一个敞棚下,被疤子按坐在一张粗糙的木椅上。

根鸟也不挣扎,心里知道挣扎了也无用。他的目光有点呆滞,心凉凉的,既无苦痛,也无愤恨,随人摆布去吧。

一旁蹲着一个老态龙钟的老头。他在那里打瞌睡,听见了动静,迟缓地抬起头来。根鸟看到,那是一个独眼的老人。老人默默地看了根鸟一眼。根鸟觉得自己犹如被一阵凉风吹着了,不禁心头一颤。那目光飘忽着离开了,仿佛一枚树叶在飘忽。

"老头,给来一副脚镣。"疤子说。

独眼老人站起身,蹒跚着,走向一个特大的木柜,然后打开门,从里取出一副脚镣来,又蹒跚着走过来。脚镣哗啦掉在根鸟面前的地上。

根鸟望着冰凉的脚镣,依然没有挣扎,神情木然如石头。

脚镣被戴到了根鸟的脚上。一个大汉挥动着铁锤,在一个铁砧上猛力砸着铁栓,直到将铁栓的两头砸扁,彻底地锁定住根鸟。那一声声的锤击声,仿佛在猛烈地敲击着根鸟的灵魂,使他一阵一阵地颤栗。

独眼老人一直蹲在原先蹲着的那个地方,并仍然垂着头去打瞌睡,好像这种情景见多了,懒得再去看。那样子跟一只衰老的大鸟栖在光秃秃的枝头,任由其他的鸟去吵闹,它也不愿抽出插在翅膀下的脑袋一般。

钉上脚镣之后,根鸟就被松绑了。

疤子对独眼老人说:"带他去五号木屋,给他一张床。"说完,他就领着另外几个人回那山坡上的小木屋去了。

独眼老人将双手背在身后,佝偻着,走在前头。

根鸟拖着沉重的脚镣跟在独眼老人的后头。脚镣碰着石头,不停地发出哐当哐当的声音。

离那木屋有一段路。根鸟缓慢地走着,用心地看着这个几乎被隔绝在世外的世界。这里的天空阴沉沉的,没有一丝活气。无论是山还是眼前的乱石,仿佛都不是石头,而是生锈的铁,四下里一片铁锈色,犹如被一场大火烧了七七四十九天。到处飞着乌鸦。一只一只乌鸦黑得发亮,犹如一只只夜的精灵。它们或落在乱石滩上,或落在岩石和山头上,或落在一株株扭曲而刚劲、如怪兽一般的大树上。从远处走过一个又一个的人来。他们稀稀拉拉,似乎漫无尽头。他们的面色不知是为四周的颜色所照还是因为本色就是如此,也呈铁锈色。他们吃力地用柳箩背着矿石,弯腰走向那个冒着黄烟的地方。他们对根鸟的到来无动于衷,只偶尔有一个人会抬起头来,冷漠地看一眼根鸟。显然,他们中间有许多人已经在这矿山呆了一段日子了,那脚镣被磨得闪闪发亮。乱石滩上,一片脚镣的声音。这声音仿佛是有人在高处不停地往下倾倒着生铁。使根鸟感到不解的是,他们中间的许多人,竟然没有戴脚镣,纯粹是自由的。然而,他们却显得比那些戴着脚镣的人还安静。他们背着矿石,眼中没有一丝逃脱的欲望,仿佛背矿石就是他们应做的事情,就像驴要拉磨、牛要耕地一样。有几个年轻力壮的,想必是还有剩余的精力,一边背着矿石,还一边在嘴中哼唱着,并且互相嬉闹着。

根鸟跟着老头路过那个冒黄烟的地方时,还不禁为那忙碌的很有气势的场面激动了一阵。一只高高的炼炉,有铁梯绕着它盘旋而上,又盘旋而下,那些人不停地将矿石背上去,倒进炼炉,然后又背着空篓沿铁梯从另一侧走下来,走向山沟沟里的矿场。这是一个无头无尾的永无止境的循环。一只巨大的风箱,用一根粗硕的铁管与炼炉相连。拉风箱的,居然有十多个人。他们打着号子,身体一仰一合地拉着,动作十分整齐。风在铁管里呼噜呼噜地响着,炼炉不时地发出矿石受热后的爆炸声。所有这一切交织在一起,很让人惊心动魄。

走到五号木屋门口,独眼老人没有进屋。他对根鸟说:"靠里边有张空床。那床上三天前还有人睡,但他已死了,是逃跑时跌下悬崖死的。"

根鸟站在木屋的门口,迟疑着。

独眼老人不管根鸟,转身走了。走了几步,他转过头来。那时,根鸟正孤立无援、可怜巴巴地望着他。独眼老人站在那里好一会儿。再一次往前走时,他伸出一只已伸不直的胳膊,指了指四周,对根鸟说道:"这地方叫鬼谷。"

那时,一群乌鸦正飞过天空。

第二天,根鸟背着第一筐矿石往炼炉走时,看见了长脚。

长脚风风火火走过来时,人们立即纷纷闪到一边,并弯下腰去,将头低下。

长脚的身后,由疤子他们又押解了三个人。根鸟立即认出来了,他们都是那天他在那个小镇上所看到的人,其中一个,就是那个瘫坐在巷口的少年。

长脚似乎想要在这里停住欣赏他的矿山,立即就有人搬来椅子。他一甩黑斗篷,那黑斗篷就滑落下来,晾在椅背上。他在椅子上坐下,跷起腿来。阳光下,他的脑袋贼亮,仿佛是峡谷中的一盏灯。

根鸟走过来时在长脚的面前停住了。他怒视着长脚。

长脚冷冷地一笑,仰起头来对身后的疤子说:"这小子十分容易想入非非,你们务必要将他看紧一点。"

3

深夜,根鸟睁眼躺在光光的木床上。背了一天的矿石,他已经非常疲倦了,但脚镣磨破了他的脚踝,疼痛使他难以入睡。他十分后悔自己的轻信。但这大概是他的一个永远也去不掉的弱点了。根鸟就是这样的根鸟,要不是这样的根鸟,他也就不会踏上这一旅程。根鸟一辈子只能如此。

一屋子睡着十多个人,此刻都在酣睡之中。有人在说梦话,含糊其词;有人在磨牙,狠巴巴的仿佛要在心中杀死一个人。

根鸟想着自己的处境,心中悲凉。

屋外,月亮照着空寂的峡谷。山风吹拂着屋后的松林,松针发出呜呜的声响。一只乌鸦受了惊动,尖叫了一声。它似乎向别处飞去了,那声音便像是流星在空中滑过,最后坠落在远处的松林里。

根鸟终于抵挡不住困倦,奋拉下眼皮。就在他处于迷迷糊糊的状态时,他听见了山头上有马的嘶鸣声。这嘶鸣声如同一支银箭在夜空下穿行。根鸟一下就清醒起来:我的马,我的白马!

嘶鸣声渐逝,天地间又归于让人难以忍受的沉寂。

就在根鸟渴望再一次听到马的嘶鸣声时,那马果然又嘶鸣了。这一声嘶鸣显得十分幽远,却又显得万分的清晰。嘶鸣声使灰心丧气的根鸟感到振奋。他躺在那里无声地哭了起来。

第二天,根鸟在背矿石时,看到疤子带着两个人,背着枪往那座山的山顶爬去。有人说:"山顶上有一匹马,他们找那匹马去了。"整整一个上午,根鸟的心思就全在马身上。他静静地听着山顶上的动静,心中满是担忧。

都快中午了,疤子他们还未下山。

在去那间木屋吃午饭时,根鸟不时地回过头来看那座山。

根鸟没有在大木屋里吃饭,而是来到了大木屋门口的乱石滩上。他又朝那座山望了望,然后在一块石头上坐下来。他吃着饭,但心里还在惦记马。

山上突然传来一声沉闷的枪响,群山为之震颤。

饭盆从根鸟的手中跌落下来,在石头上跌得粉碎。他站起来,木讷地望着被飘来的乌云笼罩成暗黑色的山。

在根鸟背下午第二篓矿石时,他看到了空手而归的疤子他们。他站住了,将眼珠转到眼角,仇恨地看着疤子。

疤子意识到了根鸟的目光。他站住了,对根鸟说:"你若不死心塌地地呆在此地,就将与你的马一样的下场!"

根鸟依然用那样的目光看着疤子。

这天夜里,根鸟的心仿佛枯萎了一样,死人一般躺着。他既无逃跑的欲念,也不去惦记任何事物。他的大脑就如同这贫瘠的、任由日月照拂的乱石滩一样。以后的岁月,根鸟不愿再去想它。什么大峡谷,什么紫烟,一切只不过是梦幻而已,由它飘去吧。在松林的呜呜声中,他沉沉睡去了。

大约是五更天了,根鸟在朦胧中似乎又听到了马的嘶鸣。他以为是在梦中,便挣扎着醒来用耳去谛听。除了松林的呜呜声,并无其他声响。根鸟并不感到失望。他心里知道,他将永远再也听不到他的马的嘶鸣了。他合上眼睛。而就在他要再一次睡着时，他又听到了马的嘶鸣声，依然是在苍茫的山顶，真真切切。根鸟的心禁不住一阵发抖。马仿佛要让根鸟进一步听清楚，嘶鸣声更加洪大起来。空气在震动，松针因为气流的震动，而簌簌作响。

马的嘶鸣，使根鸟的一切似乎死亡的意识与欲念，又重新活跃起来。

每天夜里，根鸟都能听到马的嘶鸣声。但使他感到奇怪的是，疤子他们并没有再去追捕白马——他们好像根本就没有再听到马的嘶鸣。这天，他在背矿石的途中，与一个他已认识的、和他年龄差不多大的、叫油桐的说："你夜里听到马的叫声了吗？"

"没有。那马已经被枪打死了。"

根鸟又去问其他几个人，他们也都摇头说："那马已经死了，怎么可能还叫呢？"

根鸟几乎要动摇了。他背上的矿石就突然地沉重起来。但就在这天夜里，他还是听到了马的嘶鸣声。他听着满屋的鼾声，证明自己确实是醒着的。他下床摇了摇熟睡中的油桐："你听呀，马在叫呢。"

油桐听了半天，摇了摇头："哪来的马叫声？"

根鸟急了："你听，你听，多么清楚的马叫声！"

油桐屏住呼吸又听了一阵，说："根鸟，你还是睡觉吧。马，它早死了。"

根鸟叹息了一声，拖着脚镣走出了木屋。他走到开阔的乱石滩上。那时皎洁的月光正十分明亮地照着周围的世界。他朝山顶眺望着。这时，他发现有一片朦胧的白色正在绿树结成的黑暗里闪动着。有时，大概是因为没有一丝遮挡，那片白色居然显得闪闪发光。"那是我的白马！"根鸟在心中认定了这一点。那马似乎非常焦躁不安,在林子里不停地走动,白光便在林间不住地闪动。

根鸟在返回木屋的那一刻,心中生出一个结结实实的念头:我要逃跑!

此后的几天时间里,根鸟就一直在悄悄地观察着四周的情况,寻找着逃跑的通道,在心中周密地计划着逃跑的方案。他要一次成功。他发现了一条被杂草覆盖的小道,是通往山上去的。他只能翻过山去寻找西行的道路,而不能从峡谷口走出——那儿是绝对走不出的。

这天中午,根鸟坐在石头上吃饭。独眼老人端着饭盆也走过来,坐在离他身边不远的一块石头上。

根鸟从独眼老人的身上感到了一种巫气。他觉得这种神秘的巫气,仿佛是夜间的一股让人头脑清爽的寒流。

独眼老人用他那只黑黑的似乎深不可测的独眼望着根鸟。

根鸟从那束目光里分辨出了他已经久违了的慈祥与暖意。这种慈祥与暖意只有父亲的目光里才有。

独眼老人望着眼前的大山说:"你是走不出去的。"

根鸟端着饭盆,给独眼老人的是一副固执的形象。

独眼老人深深地叹息了一声。

就在这天夜里,根鸟趁屋里的人都睡熟时,悄悄地穿上衣服,又悄悄地将早已准备好的破麻袋片厚厚地缠绕在脚镣上,然后悄悄地走出了木屋。

这是一个浓黑的夜晚。整个世界是个黑团团。

根鸟只能在心中感觉方向。他既不能走快,又不能走慢。快了会发出声响,而慢了他又不可能在一定的时间内翻过山去。脚镣在石头上拖过去时,还真无多大的响声。根鸟要注意的是防止脚镣在地上拖过时将石块拖动,从而撞击了另一块石头而发出声响。

一只乌鸦突然叫了一声,恐怖顿时注满了偌大的空间。

根鸟出了一身冷汗,两腿一软,蹲下了。

这时,山顶上传来了马的嘶鸣声。

根鸟仿佛听到了一种召唤,站起来朝那条小道走去。

根鸟踏上那条小道,已经是后半夜了。他忍受着脚踝处的锐利疼痛,拖着沉重的脚镣,往山顶攀登着。道路十分难走。他要在付出很大的力气之后,才能走很短的一段路。树枝以及冒出的石块,经常勾住脚镣,已几次使根鸟突然地摔倒。他的脸已经在跌倒时被石片划破,血黏乎乎的,直流到嘴角。他渴了,便用舌头将血从嘴角舔进嘴里。爬到后来,他必须在心中不住地想着那个大峡谷,才能勉强地走动。

浓墨一样的夜似乎在慢慢地淡化。

凉风吹着根鸟汗淋淋的胸脯,使他感到了寒冷。他仰脸看看天空,只见原是什么也看不见的天空,在由黑变灰,并有了几颗细小的星星。离天亮大概不远了,而他估摸着自己最多才爬到半山腰。他忽然泄气了。因为,在天亮之前,他不能翻过山去,长脚一得到他逃跑的消息,便会立即派人来四处搜寻,他便会很快被发现、被重新抓回去。

根鸟抱着一棵树,身体如一大团甩在树干上的泥巴,顺着树干,软乎乎地滑落了下去。

马再一次嘶鸣,但未能使根鸟再一次站起身来继续往山顶上爬。嘶鸣声终于在天色发白时,渐渐消失在缥缈的晨曦里。

远处的山峦已依稀露出轮廓。

根鸟的头发被露水打湿,湿漉漉的,耷拉在冰凉的额头上。

　　太阳未能按时露面,因为峡谷里升起白雾,将它暂时遮掩了。雾在林子间流动,像潮湿的烟。

　　根鸟已听到了山下杂乱的脚步声。他知道,长脚已知道他逃跑了,派人搜寻来了。他没有一点害怕,也不想躲藏起来,而依然一动不动地坐在树下,闭着双眼,将头与背倚在树干上。

　　树叶哗啦啦地响着,被蹬翻了的石头骨碌骨碌地滚着。过了一会儿,根鸟就听到了人的喘息声。他睁开眼睛时,看到了数不清的模糊的人影,织成网似的正往山上搜寻而来。几丛灌木正巧挡着根鸟。根鸟都看到搜寻者的腿的晃动了,但搜寻者却一时不能将他发现。

　　有一个人站在离他不远处的地方撒尿。尿落在地上的落叶上的,被落叶所围,一时不能流走,在那里临时集成一个小小的水洼。越尿到后来,地上的水声也就越大。

　　根鸟并不能看见如此情形,但他的眼前却浮现出一团令人恶心的泡沫。他往地上啐了一口。

　　除了疤子等少数几个人之外,到山上来搜寻的人,都是像根鸟一样被诱进峡谷的。根鸟实在不能明白这些家伙:你们自己不打算逃跑,为什么还要阻拦别人呢? 你们为什么不想方设法逃出这地狱般的峡谷呢? 眼下是多好的机会! 你们脚上没有脚镣,跑起来轻得如风,翻过山去,你们就自由了!

　　雾像水一样慢慢地退去,于是,根鸟像一块沉没的石头渐渐露了出来。

　　根鸟终于被发现了。他被人拖下山去。

　　根鸟双臂反剪,被吊在乱石滩上的一棵已经枯死的老树上。他既不咒骂,也不哭泣求饶,任由疤子们用树枝抽打着。

疤子们抽累了，就扔下根鸟，坐到不远处的敞棚下抽烟。

根鸟被吊在阳光里的树下。因为双手反剪，从远处看，就像一只黑色的飞鸟。

根鸟的胳膊由疼痛变成了麻木。一夜未睡，加上疤子们对他的折腾，他困了，居然迷迷糊糊地睡着了。

根鸟醒来时，长脚正站在他的面前。他憋足了劲，将一口带血的唾沫用力吐在长脚的脸上。

长脚恼怒了，命令人将根鸟放在地上。长脚一把揪住根鸟蓬乱的头发，扳起了他的脑袋说："你看呀，这就是你要找的大峡谷——长满百合花的大峡谷！"

根鸟紧紧地闭上了眼睛，但他却分明看见了那个长满百合花的大峡谷。那种高贵的花，把大峡谷装点得一片灿烂。

长脚更加用力地揪住了根鸟的头发，让他朝炼炉看去："你再看呀，那是什么？是你梦中的小妞！叫什么来着？噢，叫紫烟！多好听的一个名字！呸！不叫紫烟，叫黄烟！看见了吗？看见了吗？那边，就是那边，一股黄烟正在升起来，升起来……"

根鸟双眼依然紧闭，但他却分明看见了紫烟：她可怜地站在银杏树下，正翘首凝视着峡谷上方的一线纯净的蓝天。

长脚一松手，根鸟跌落在乱石上。

4

几天以后，根鸟才能下床行走。

这天，根鸟被叫到了用来吃饭的大木屋里。那时离吃中午饭还有一段时间。他被告知："抢在众人前头，早点吃一顿好一些的东西,下午恢复背矿石。"疤子第一次变得亲切起来,对根鸟说:"你坐下来,自然会有人给你送来的。"

根鸟在凳子上坐下了,将两只胳膊肘支在已裂开缝的木桌上。

独眼老人出现了。他看到根鸟独自一人坐在饭桌跟前时,独眼闪过一道惶恐与不安。他在角落里坐下,但不时地用独眼瞥一下根鸟。

根鸟实在太饿了,只惦记着食物,并没有注意独眼老人。

也就是一盘食物。但这一盘食物简直让根鸟两眼发亮。它被端过来时,就已经被根鸟注意到了。它盛在一只白色的盘子里,在端着它的人的手中,红艳艳地炫耀着。根鸟还从未见过盘子中的东西:它们是豆子呢,还是果子呢?一颗颗,略比豌豆大,但却是椭圆形的,为红色,色泽鲜亮,晶晶地直亮到它的深处,仿佛一颗颗都是透明的。它们闪动着迷人的光泽,撩逗着人的眼目,也撩拨着人的食欲。望着这样一盘食物,饥肠辘辘的根鸟,不禁馋涎欲滴,颤抖着将手伸向那只盘子。

独眼老人干咳了一声。

根鸟这才注意到了独眼老人。他从独眼老人的独眼中看到了一种奇异的神色,但他无法去领会这种神色,只是朝老人微笑了一下,依然将手伸向那盘美丽的果子。他用手指捏了几颗,放在左手的手掌上,又一颗一颗地送入嘴中。果子在手中时,根鸟觉得它是温润的,而放入嘴中轻轻一咬,又是嘣脆的。根鸟实在无法去描绘这果子的奇妙味道。他生长在山区,吃过无数种果子,但还从未吃到过如此鲜美的果子。甜丝丝的,又略带了些酸涩,并略带了一些麻,那种麻在刹那间就给根鸟带来了一种神经上的快意。他咀嚼着,过一会儿,鲜红的果汁就染红了那因饥饿、营养不良而发白的嘴唇,使他立即呈现出一副健康的状态。

独眼老人连连干咳着。

根鸟又看到了独眼老人的目光,但他依然无法领会。

那果子正一粒一粒地丢入根鸟的嘴中。根鸟还不时地闭起眼睛,去仔细地品味着果子的味道。果子使他忘记了脚踝处伤口的疼痛,忘记了自己的处境。他在一种空前的美味中,任由自己在一种满足中徜徉。他想抓几粒果子送给独眼老人尝一尝,但打消了这个念头,因为,他的身体太需要这样的食物了。他在心中不免对独眼老人抱了一番愧意。这种愧意使他不再去注意独眼老人。他将脸偏向窗外,从而避免了与独眼老人的目光相碰。

疤子一直坐在墙角里的一张凳子上。

一束阳光从窗子里照进来,正好照着盘子中的食物。那些果子便一颗颗如同玛瑙般闪耀着充满魅力的光。这种光,是一种令人向往又令人迷乱的光。

根鸟守着这盘似乎来自于天国的美食,而沉浸在一片惬意之中。

独眼老人突然叫了起来:"炼炉那边,好像着火了!"

疤子听罢,立即从凳子上跳起来,跑到门外。

就在这时,独眼老人以出人意料的速度猛扑过来。不等根鸟作出反应,独眼老人就一把抢过那只盘子,冲向窗口,将那盘果子倒到了窗外,然后又迅捷地返转身来,将空盘子放在根鸟的面前,轻声说道:"你千万要说,这盘果子已经被你吃掉了!"他有力地抓住根鸟的手抖了抖,又回到刚才坐的凳子上,依然摆出一副衰老昏庸的神态。

根鸟似乎从老人的用力一握中感觉到了什么。他惶惑地望着那只空空的盘子。

窗外,一片鸦鸣。

根鸟看到,无数的乌鸦,各叼了一颗那鲜红欲滴的果子,从窗下飞上天空。

这天晚上,独眼老人在乱石滩上找到了死人一般躺在那儿痴望天空的根鸟,然后在他身旁坐下。疲倦的人们都已躺到床上去了,乱石滩上全无一丝声响。细镰一般的月牙,只在西边山梁上悬挂了片刻,便沉落到苍黑的林子里。不远处,一条小溪在流动着,发出细碎的水声。

独眼老人说:"务必记住我的话:不要吃那种果子! 他们还会让你吃的。"

根鸟坐起身来,望着老人的独眼——那独眼居然在黑暗里发着黑漆漆的亮光。

"你看见了,有那么多的人,他们并没有戴脚镣,但他们却没有一个有逃跑的心思。知道为什么吗? 就是因为吃了那种果子。那果子叫红珍珠,只长在人难以走到的深山里。一个人只要连着吃上四五顿,从前的一切便会忘得一干二净,就只记得眼前那点事了。"

根鸟不禁出了一身冷汗,下意识地往独眼老人身边靠了靠。

"天底下,那些颜色最鲜艳的东西,差不多都不是好东西,你尽量别去碰它。林子里那些长得鲜红的,红得像蛇信子一样的蘑菇,它打老远就引逗你走过去看它,可它是有毒的。"

"他们怎么没有让你吃呢?"

独眼老人压住声音,用公鸭般的嗓子笑了。他没有回答根鸟的问题。但根鸟似乎感觉到了那种笑声底下,藏着他的得意与自命不凡:哼! 这是一种什么样的果子,我还能不清楚!

快分手时,独眼老人说:"你是要向西走,去做一件大事,对吗？"

"你是怎么知道的？"

独眼老人一笑，在根鸟的肩上拍了拍，说道："我是看出来的。"他走了，但只走了几步，又回过头来，小声叮嘱道："千万不要吃那果子。我知道你会有办法对付的。"

独眼老人走了。

根鸟看着他弯曲的背影融入浓浓的夜色里。

从此，根鸟与独眼老人之间，便有了一根无形的线牵着——牵着一颗依然稚嫩的心和一颗已经衰老的心。在又一次的相会时，根鸟将那个珍藏在心中的秘密全部告诉了老人。老人听完之后，什么也没说，只把胳膊无力地搭在根鸟的肩上，然后唱了一支苍凉而荒古的歌。那歌使根鸟仿佛在滚滚的寒流中看到了一片脆弱的绿叶，在忽闪忽闪地飘动。

正如独眼老人所说，疤子他们又以特殊恩惠的样子，单独给根鸟端来四盘红珍珠，但都被根鸟机智地倒掉了，其中一盘是趁人不备倒在怀里的。他走出门去，来到了僻静处之后，腰带一松，那果子便一粒一粒地掉在地上，仿佛一只羊一路吃草一路屙着屎蛋蛋。

这天下午，根鸟背矿石的篓子坏了。得到疤子的允许之后，他走进了一个狭小的小山坳——他要砍一些柳条补他的篓子。进入山坳不久，他便看到了寂静的山坡上长着的红珍珠。那么一大片，生机盎然地长着。这种植物很怪，算作是草呢还是灌木与树呢？根鸟无法判断。叶子小而稀，状如富贵人家的女子的长指甲，深绿，阴森森的；茎瘦黑而苍劲，像垂暮老人的紫色血管。叶下挂满了果子，那果子比盘中的果子还要鲜艳十倍，仿佛淋着一滴滴的鲜血。令根鸟感到吃惊和恐怖的是，这山坡上，除了这片红珍珠之外，竟然寸草不生，四周都是光秃秃的褐色石头。根鸟再看这些果子，就觉得那红色显得有点邪恶。他不敢再靠近了。

山顶上坐着一个孩子。他看到根鸟走来时，便从山顶上冲了下来。

根鸟看着这孩子，说："你叫青壶。"

"你是怎么知道的？"

"独眼老人告诉我的。他说，有　个叫青壶的孩子，看着一片红珍珠。"

青壶不无得意地看了看那片由他看管着的红珍珠。他的目光是单纯的。而正是这种单纯，使根鸟心头轻轻飘过一丝悲哀。独眼老人说过，这个孩子是去年秋天被诱进这个峡谷的。他是寻找失踪的父亲，在一个小镇的酒馆中乞讨时被长脚看到的。刚来峡谷时，以为他是个孩子，也就没有好好看管他，他竟然逃跑了。但他在山中迷了路，转了两天，又转回到峡谷里。长脚说："再过两年，他就可以背矿石了。"于是，疤子就给他吃了四顿红珍珠，从此，他既忘了外面的世界，也忘了失踪的父亲。无论是刮风还是下雨，青壶总是坐在山头上，聚精会神地守护着这片神圣不可侵犯的红珍珠。

根鸟不想在这里久留，砍了几根柳条，赶紧往外走。

青壶忽然叫道："你以后还会来吗？"

根鸟回过头来时，看到青壶正用一双纯净如晴空的眼睛，十分孤独地看着他。他朝青壶点了点头，匆匆离去了。

5

根鸟的脚镣被砸开了。

根鸟再走路时，突然失掉了重量，一时不能保持平衡，觉得过于轻飘，踉踉跄跄的，犹如醉人。但根鸟心中有说不出的激动。他在乱石滩上跑起来，轻如秋风。他已有很长一段时间不能跑动了。沉重的脚镣，使他只能将脚在地上拖着走动。走路的样子仿佛一个拉屎之后屁股还未擦的孩子要去找大人帮着擦屁股。他日夜渴望着这一天的到来：他能毫无羁绊地跑动。在远离疤子他们之后，跑动的根鸟在清风里暗地流泪了。他知道，此刻他必须克制住自己，继续他的伪装。他必须在十分有把握的情况之下，才能进行又一次逃亡。而这一次必将是最后一次了。他在心中想着这一点，又蹦蹦跳跳地跑回到疤子们的面前。

就在这天下午，疤子们将根鸟带到了峡谷口。

然后，他们掉头就往矿区那儿走了。根鸟闻到了从峡谷口吹来的外面世界的新鲜气息。那天夜里，他就是在这里走入地狱的。而如今他又站在这地狱的出口处。他只要拼命朝东跑起来，就会很快跑回到应该走的旅途上。然而，智慧的根鸟往远处的林子里轻蔑地一瞥，掉过头去，望着疤子他们已经几乎消失的背影，也朝矿区那边走去，并且显得急匆匆的，好像一个贪玩的孩子在夕阳西下时忽然想到该回家而往家里走一样。

根鸟知道，前面的林子里埋伏着长脚派去的守候的人。

根鸟回到矿区时，太阳已经沉没。他在乱石滩上遇见了独眼老人。两人相视一笑，擦肩而过。

从此，再也没有人去看管根鸟。

根鸟的内心是自由的，他的身体也即将自由。他混在背矿石的队伍里，一方面为即将到来的日子而在心中暗暗兴奋，一方面为那些戴着脚镣的和不戴着脚镣而一样必须永远生活于这地狱中的人感到悲伤。

根鸟已好几次去看青壶了。

青壶一见到根鸟时，就会欢呼着从山顶上冲下来。而过不多一会儿，根鸟又会带着青壶重新登上山顶。根鸟看到了一条最佳的逃路，而这逃路就在这长着红珍珠的山上。他从山顶往下看时，看到了茂密的森林。他透过树木的空隙，看到了一条弯弯曲曲的废弃了的小道。他断定，这条小道是通向山下，通向大道的。他还隐隐约约地听到了遥远的山脚下传来的狗叫声。因此，他认定山下是有人家的。他在山顶上毫不掩饰地察看逃路，因为他知道青壶是毫无想法的。

青壶只知道向根鸟说自己守护着的红珍珠："乌鸦总来偷吃红珍珠，我就拿着树枝轰赶它们。它们可鬼了，就落在附近的树上。要是我不留神，它们就会立即飞下来吃红珍珠。我才不会上当呢，我把红珍珠看得牢牢的，它们一颗也吃不着。"他望着那片红珍珠，洋洋得意地又显得不好意思地说："疤子夸奖我了，说我看红珍珠看得好。"

根鸟看着青壶那副天真的样子，心中满是悲哀。

根鸟问青壶："你从哪儿来？"

青壶望着根鸟，神情茫然。

青壶又黑又瘦，眼睛仿佛是两只铃铛。他的胸脯，呈现出枝条一般的肋骨。每当根鸟看到青壶的这副形象，他就对山坡上那片红艳艳的红珍珠充满仇恨。他在心里发誓，他一定要将它们全部化为灰烬！

根鸟一天一天地坚持着。因为在等待着那一天的到来，晚上，他总不能很快入睡，夜晚便显得格外漫长。他躺在床上，将眼睛睁着，一会儿紧张，一会儿兴奋，一会儿热得出汗，一会儿又凉得发抖。他有点像一只忧心忡忡的老鼠，总在担心自己心中的心思被人窥破了。谁只要多看他一眼，他就会在心里不安半天。晚上睡不安稳，加之夏天已经来临，他的身体就变得十分清瘦。

但独眼老人每次遇到他时，总还是用他的独眼告诉根鸟：沉住气！

这天夜里，根鸟惊讶得几乎要从床上蹦跳起来：他又听到了马的嘶鸣声！那次逃跑失败后，他就一直没有再听到马的嘶鸣声了。他怀疑前几次在夜间听到的马的嘶鸣，真可能是自己的幻觉。他都将那匹白马忘了。而现在，它却在黑茫茫的夜晚又嘶鸣起来了。那声音是穿过密匝匝的树叶传来的，是颤抖着的。但千真万确，是他的白马的嘶鸣。难道这是白马的幽灵徘徊在山头吗？

嘶鸣声成了根鸟心中的号角。

根鸟终于在一天的黄昏，走向在小溪边洗脚的独眼老人。他平静地告诉独眼老人："今夜，我要走了。"

独眼老人没有阻止他："你打算烧掉那片红珍珠？"

根鸟没有问独眼老人是怎么知道他的心思的。他对独眼老人的这种神明般的先知都已习以为常了。他只是朝独眼老人点了点头，然后赤脚站到水中，将独眼老人那双长长的、平平的、已软弱无力的脚握在手中。他用力地给独眼老人搓擦着。

"你还想带走青壶？"

"是的。"根鸟抬起头来望着独眼老人，"我还要带着你一起走！"

独眼老人坚决地摇了摇头："我已走不动了。"

"还有那么多人怎么办？"根鸟望了一眼在远处走动的人们。

"每隔半年,他们都要再一次吃红珍珠,只有这样他们才能不返回从前。你只管把那片红珍珠统统烧掉便是了,就别去管他们了。"

在逃跑的前几天,根鸟常往青壶守护的山坳里跑。疤子他们也不很在意,以为是两个孩子互相吸引,合在一起玩耍。根鸟捡了一捆又一捆枯树枝,堆放在一块岩石的后边,他对青壶说:"我们要在这里搭一座房子。"青壶听了,觉得这是件有趣的事情,就和根鸟一起捡,直到根鸟说:"够了,不用再捡了。"才作罢。

这个日子是精心选择的。

天不黑也不亮。亮了,容易被发现,黑了又难以看清逃跑的山道。那月亮似乎有心,苍白的一牙,在不厚不薄的云里游动,把根鸟需要的亮光不多不少地照到地上。这又是一个特别的日子——是长脚家族发现这座铁矿、将第一个人诱进峡谷的日子。每逢这个日子,长脚家族总要铺张地庆祝一番。这天,长脚让疤子去通知各处干活的人们早早收工,然后到大木房集中会餐。大木房准备了足够的酒和菜,大家可尽情地享用。已多日闻不见酒香的人,见一大桶一大桶的酒摆在那里,就恨不得一头扎进酒桶里。他们操起大碗,在桶边拥挤着,抢舀着气味浓烈和芬芳的酒。不多一会儿,就有人喝醉了,倒在大木屋门口的台阶下。这是一个没有戒备的日子。

长脚站在人群中,也端着酒碗,不时与人们干杯。他神采飞扬,双目炯炯有神。

根鸟混杂在人群里,也拼命用大碗去桶里舀酒。在长脚的目光下,他大口喝着,酒从嘴角哗哗流进脖子。但他很快就在人群中消失,而走出大木屋。见四下无人,他便将酒泼向乱石滩。然后,他又重返大木屋,在长脚的目光下,再一次舀满了一碗酒。

当根鸟拿着空碗,摇摇晃晃地又要进大木屋时,他看见独眼老人正端着酒碗坐在门槛上。独眼老人朝他微微一点头,根鸟便立即听出:就在今天!

月亮偏西时,木屋里外、乱石滩上,到处是喝倒了的人,其情形仿佛是刚有一场瘟疫肆虐过,只留下尸横遍野。

根鸟也倒下了,倒在离青壶守护的山坳口不远的地方。他的心慌乱地跳着,不是因为酒,而是因为那个时刻。他望着星空,把激动、兴奋与狂喜统统压在心底。此刻,时间在根鸟的感觉里是有声音的,像马蹄声,像流水声,像风来时芦苇的折断声……

独眼老人在唱着一首充满怀恋、惜别又让人心生悲凉的歌:

> 河里有个鱼儿戏,
> 树上有个鸟儿啼。
> 啼只啼,
> 个个都是有情意。
> 既有意,
> 就该定下个长远计。
> 空中的鸟儿,
> 波浪里的鱼,
> 细想想,
> 鱼归沧海鸟飞去,
> 倒落得独自一个添忧虑……

根鸟终于爬起来,走向黑色的山坳。

松树上，挂着一盏四方形的玻璃罩灯。蛋黄样的灯光从高处照下来，照在那片红珍珠上。离灯光近的地方，那红珍珠一粒一粒的，如宝石在烛光下闪烁。夏夜的露水湿润着红珍珠，使它散发出一种甜丝丝的令人昏睡的气息。

青壶的酒菜是专人送来的。小家伙显然也喝酒了，正在灯下的草席上酣睡。

"过一会儿，我就要带你走了。"根鸟蹲下来，望着青壶在睡眠时显得更为稚气的面孔，心中满是一个哥哥的温热之情。他没有惊动青壶，而独自一人走到岩石背后，然后将那些枯枝抱过来，一部分堆放在红珍珠地的四角，一部分撒落在红珍珠丛中。枯枝全部完之后，他拔了一小堆干草，将玻璃罩灯摘下，转过身去挡住微风，打开玻璃罩，用灯火点燃了一把干草。他放下玻璃罩灯，抓着点燃的干草，点燃了第一堆枯枝。他又用一把点燃的干草，点燃了第二堆枯枝……他在做这一切时，显得不慌不忙。仿佛这世界空无一人，他在自由自在地做一件他愿意做的事情。

四堆枯枝如四座火塔，立即照亮了山坳。

根鸟坐到青壶的身旁。他看到火光忽明忽暗地照着依然在熟睡的青壶。

火从四角迅速地向红珍珠地里蔓延，四个点正变成线和面。火光里，红珍珠一粒粒，鲜红无比，仿佛是妖女在黑暗中看人的眼珠。不一会儿红珍珠地就在大火里劈劈啪啪地响起来，仿佛大年三十的爆竹声。被火所烤的红珍珠，一粒一粒在爆裂，果汁在火光里四溅，犹如一只只乱飞的红色蚊虫。

根鸟陶醉在这种让他的灵魂与肉体都感到无比刺激的暗夜的燃烧之中。他竟然一时忘记了逃跑。盛大的火光，使他的面颊感到一阵一阵舒心和温烫。他的眼睛在火光中闪闪发亮。他捏紧了双拳,举在空中发颤。

"毁灭它! 毁灭它!"

根鸟的心中,一如这烈火在叫唤。

青壶醒来了。他看着熊熊的大火,一时呆头呆脑。

根鸟指着正在变小的红珍珠地:"烧掉了! 烧掉了!"

青壶站了起来,浑身直打哆嗦,用手将火光指给根鸟看,嘴里却像一个还未学会说话的孩子:"那儿! 那儿……"

火越烧越猛,热浪冲击得剩下的红珍珠索索发抖,黑色的灰烬纷纷飞起,飘入夜空。

独眼老人出现了。他的身影在火光的映照下晃动着。他朝山坡上的忘乎所以的根鸟,不停地挥动着胳膊,意思是:快走! 快点离开这儿!

根鸟竟然读不出独眼老人手势的意思,而跳起来朝老人挥动着欢呼的双臂。

青壶站在根鸟的身边,始终瞪着惊愕的眼睛。

独眼老人拼命朝山坡上爬来。他几次摔倒,但挣扎起来之后,还是一瘸一拐地朝根鸟爬来。

四周的大火快烧到中间时,火势开始减弱,而减弱了的火势无法痛快地燃烧青青的红珍珠的枝叶,火一时犹犹豫豫,止步不前,并有了要熄灭的样子。

根鸟急了,从地上抱起青壶的草席与铺盖卷,冲下坡去。他打翻了玻璃罩灯,将油浇在草席与铺盖卷上,发疯似的踏进灰烬之中,不顾脚下的余火,朝红珍珠地的中央冲去。

独眼老人终于扑了上来,一把抱住了根鸟:"快走! 快走!他们来了……"

失控的根鸟,却疯狂地甩开了独眼老人:"要统统烧掉!要统统烧掉!"

独眼老人又一次扑上来,在大火的边上,又抱住了根鸟。根鸟回头来看独眼老人时,独眼老人趁势给了他一记响亮的耳光。

草席与铺盖卷从根鸟的手中落下,落到灰烬里。

独眼老人大声地叫着:"快走呀! 你快走呀……"

根鸟忽然清醒过来。这时,他听到轰轰隆隆的脚步声,正洪水般涌来。

"走!"独眼老人一指黑暗,吼叫起来。

"我一定要烧掉那些剩下的!"

独眼老人说:"走吧,孩子,你别忘了,你是一个背负着天意的人!"

根鸟离开独眼老人,走向山顶。当他回头来看独眼老人时,只见他正抱着草席与铺盖卷扑向已即将熄灭的火。

长脚率领数不清的人,已经拥进了山坳。

根鸟拉住青壶冰凉的手,望着山坳:独眼老人已将草席与铺盖卷投入火中。刹那间,那火像一个躺倒了的大汉挨了一鞭子,猛地跳了起来。

火光照着长脚他们,巨大的人影就在石壁上魔幻般地晃动起来。

根鸟拉着青壶朝山那边跑去。青壶已经像一只受了惊吓的小鸟,任由根鸟拉着一路奔下山去。

根鸟隐隐约约地听到有人在声嘶力竭地叫喊:"烧死那个老东西!""烧死那个老巫师!"根鸟这才知道独眼老人是个巫师。

根鸟正拉着青壶急速地朝山下冲去时,山顶上传来了长脚深情的呼唤:"青——壶——"

青壶愣了一下,立即站住了。

"青——壶——"

青壶仿佛一条小狗忽然听到了主人的召唤,将手从根鸟的手中猛地拔出,往山顶上爬去。

"站住!"根鸟叫着。

青壶根本不理睬,依然往山顶上爬去。他山上山下爬惯了,爬得很快,转眼间就远远地离开了根鸟。

根鸟看着他小小的背影,心中怜爱万分,不顾一切地追过来。当他终于追上青壶时,山顶上已有无数的人朝山下冲来。

青壶坚决不肯跟着根鸟走。他只记得峡谷与那片红珍珠。他咬了一口根鸟的手,就在根鸟一松手时,又朝山顶上拼命跑去。

长脚他们已经发现了根鸟,铺天盖地地扑过来。

根鸟望着青壶已经回到了那些人中间,长叹了一声,转身往山下跑去。

长脚他们紧追不放,并且越追越猛。

根鸟觉得脚步声似乎就在离他丈把远的地方响着。他心中不免懊悔:难道这一回又不能逃脱了吗?他觉得他的信心正在衰竭,双腿也感到绵软。就在他两眼昏花之际,他来到了一片空阔地带。这时,一阵马的嘶鸣声响起。随着一阵风样的声音,他看到了一片朦胧的白光。这白光迅捷向他飞移而来——他看见了与他已经分别多日的白马。

"抓住他!"长脚在后面大声咆哮,命令在前面追赶的人。

白马在根鸟面前站着,一如往昔。

根鸟抓住白马脖上的长鬃,猛地一跃,骑上了马背。

白马又一声长啸,随即掉转头,往山下跑去,不一会儿工夫,就消失在了苍茫的夜色中……

第四章 米 溪

1

根鸟逃出鬼谷,向西走了三天,情绪渐渐变得低沉,逃出地狱的激动与狂喜一点一点地丢在了荒野小道上。对前方,他没有牵挂,自然也就更无热情与冲动。他想振作一下精神,催马快行,但无奈,他总不能让自己振作起来。他能一整天软绵绵地坐在马上,任由马将他载着西去。天上的太阳和云彩、路两旁的树林、村庄、庄稼地以及牛羊与狂吠的狗,所有这一切,他都不在意。他自己说不明白到底为什么落得如此状态。是对自己心中的那个信念开始怀疑了? 是因为被鬼谷的生活以及逃脱耗尽了精力? ……他想不明白,只能发呆。

这天傍晚,他终于在荒野上的大槐树下找到了原因:他想家了! 当时,正是晚风初起时,天上的薄云,一朵朵,向东飘去。他望着那些薄云,拼命想起家来。他想念父亲,想念菊坡的一切。这种想念,一下子变得刻骨铭心。自从离开菊坡之后,他还从未如此强烈地想念过家——那个仅仅由他与父亲两人组成的家。他居然倚着大槐树,泪水滚滚地哭泣起来。

深夜,他终于情不自禁,骑上白马,掉转马头,披星戴月,直向东去。

他将一直盘桓在心的大峡谷暂时忘得一干二净。

他恨不能立即站在菊坡的土地上,看到父亲的面容,听到父亲的声音。他什么也不想要了,他只想要菊坡、父亲与家。他骑在马背上,走在异乡的路上,眼前的情景却都是菊坡的。

根鸟回到菊坡时,是秋天。

菊坡的秋天是明净而富饶的,又稍微带了一些伤感。

叶叶秋声。根鸟骑在马上,再一次沉浸在菊坡所特有的秋天的絮语声中。满山的树,除了松柏,都已开始变色,或红色、或橙色、或黄色、或褐色,一片片、一团团、一点点,说不清的好看。从山道往下瞧,已凉意深重。被树枝覆盖的山涧,时时传来凉凉的水声。枝叶偶漏一点空隙,便可借着秋光,看见涧中的清水如银蛇一般滑过。被秋露和山中雾气所浸润的枝叶与果实,都在散发好闻的气息,它们融合在一起,飘散着,直把秋的气息弥漫在你所需要的空气中。鸟的鸣叫声,比春天的安静,比夏天的清晰、明亮,让人觉得耐听,又让人觉得这叫声怕是它们在这一年里的尾声了。

村子在山下。

根鸟骑着马,一直在走下坡路,身子不由自主地挺得笔直。

快到村子时,便远远地见到了菊坡所特有的柿子树。一棵一棵,散落在坡上、水边,叶子都已被秋风吹落,而柿子却依然挂满枝头。它使人想到,不久前,它们还一颗颗藏在厚厚的叶子里,而忽然地在一天早上,叶子飘尽,它们都袒露了出来,像走出深院的闺女，来到了大庭广众之下，都害羞得很，不由得脸都红了，一颗颗地互相看着，越看脸越红。无奈，它们已无处躲藏，也就只好安安静静地让太阳看，让月亮看，让人看了。

根鸟终于看见村子里了。

这是中午时分。炊烟东一缕、西一缕地升起来，又被风吹散，混进半空中的雾气里。

根鸟从未注意过菊坡人家的炊烟。而此时，他却勒住马看着：菊坡的炊烟竟然也是好看的。它使根鸟感到了一种说不出的温暖与亲切。他忽然感到饿了，用腿一敲马肚，白马便朝小溪跑去。到了溪边，他翻身下马，跪在溪边，用一双黑黑的手，掬了一捧，又掬了一捧清水喝进肚里。他看到了几尾也只有菊坡的溪水里才有的那种身体纤弱的小鱼，正和从树上垂挂下来的几根枝条无忧无虑地嬉戏。他用手撩水朝它们浇去，它们一忽闪就不见了。

剩下的一段路，根鸟是将马牵在手中走的。越是临近家门，他倒越是显得没有急切与慌乱。

走到村口时，根鸟遇到的第一个人是黑头。黑头正坐在村口的磨盘上吃柿子。根鸟一眼就认出了黑头，但黑头却没有认出他来。

黑头看着风尘仆仆的根鸟，愣了半天。当他终于从根鸟那张黑乎乎的脸上认出了根鸟的那双眼睛时，柿子竟从手中落下，跌成一摊橙色的泥糊。他张着沾满柿汁的嘴，慢慢站了起来，并慢慢往后退去。

"我是根鸟。"根鸟朝他微笑着。

不知是因为黑头觉得根鸟是个跟疯子差不多的人而让他惧怕，还是因为根鸟失踪多日、现在却又如幽灵般出现而使他感到恐慌，他竟久久地不敢上前，并两腿不由自主地颤抖起来。

　　根鸟出走后，父亲在别人问起时，还从未向一个人说过他究竟去哪儿了，去干什么了。一是因为在父亲看来，根鸟是听从天意而去的，既然是天意，也就不必让人知道；二是因为父亲心中认定，当菊坡的人知道他的儿子竟是为一根莫名其妙的布条和一两场梦而去时，肯定会加以嘲笑的。他不想与这些很好的乡亲为儿子争辩，为自己与儿子共抱同一个念头而争辩。他不肯作答，使菊坡的人又一次想起根鸟的母亲的奇异的失踪，便抱了一种神秘感不再去追问。时间一长，菊坡的人差不多都将根鸟忘了。

　　而根鸟竟突然出现在菊坡的村口。

　　黑头抬起手，指着根鸟，神情恍惚地说："你……你是根鸟吗？"

　　根鸟说："黑头，我是根鸟，我就是根鸟！"

　　黑头冲上来，几乎鼻子碰鼻子地在根鸟的脸上审视了一番，在嘴中喃喃："是根鸟，是根鸟……"他掉转身去直向村里跑，一边跑，一边狂叫："根鸟回来了！根鸟回来了……"

　　村里人闻讯，纷纷赶来了。

　　根鸟牵着马，走在熟悉的路上，朝村中走着。

　　村里的人看到根鸟，反应与刚才的黑头差不多。他们都在与根鸟还有一段距离的地方站住，朝他看着。

　　根鸟牵着马，朝他们微笑着。他觉得这一张张被山风吹成黑红色的面孔，都非常亲切。回家的感觉，已经如走入温泉一般，随着身体的一步步进入，温暖与湿润也在一寸寸地漫上心来。

　　一位年长者第一个走过来，说："孩子，快回家吧。"

根鸟点点头,牵着马,和那位年长者一起,穿过人群往家走。多日不见他们了,他还有点害羞。

年长者说:"你回来得正是时候。"

根鸟不太明白年长者话中的意思:"我爸他还好吗?"

年长者说:"你回到家就知道了。"

根鸟是在人们的簇拥之下走到自家的院门口的。他把马拴在院门前的树上,推开了院门。在院门发出一阵沙哑的声音的那一刻,根鸟心中飘过一丝凄凉。从前的院门声不是这样的。它怎么变得如此艰涩?院子里的景象,也缺乏生气。他在院中站了片刻之后,才朝虚掩着的屋门走去。

人群在院门外都停住了,只有那位年长者跟随根鸟走进了院子。

年长者在根鸟准备推门时,说:"孩子,你父亲,怕是活不长久了,你快点进屋吧,他心中不知多么想你呢。"

根鸟回头看了一眼人群,推开了屋门。

根鸟一时还不能适应屋里的昏暗,只觉得眼前糊糊涂涂的。他轻轻叫了一声:"爸爸。"

没有父亲的回答。

"爸爸。"根鸟已一脚踏进了父亲的房间。

黑暗里传来微弱的声音:"谁呀?"

"爸爸,是我。我是根鸟。我回来啦!"

"根鸟?你是根鸟?你回来啦?你真的回来啦?"

根鸟走到父亲的床边。借着小窗的亮光,他看到了父亲的面容:这是一张极端消瘦而憔悴的脸。

"爸爸,你怎么啦?"根鸟跪在床边,将冰凉的手伸过去,摸着父亲的同样冰凉的脸。

父亲看清了根鸟,两颗浑浊的泪珠从眼角渗出而滚落到枕头上。他朝根鸟吃力地笑着,嘴中不住地小声说:"你回来了,你回来了……"

"爸爸,你到底怎么啦?"根鸟的双眼已模糊成一片。

那位长者在根鸟的身后说:"你父亲半年前就病倒了。"

根鸟用衣袖擦去眼中的潮湿。父亲的面色是蜡黄的;眼窝深陷,从而使眉骨更为凸现;嘴巴瘪进去了,从而使颧骨更为凸现。父亲躺在被子下,但根鸟觉得那被子下好像就没有父亲的身体——仿佛他的身体已经瘦得像纸一般薄了。

晚上,根鸟与父亲睡在一张床上。

父亲问道:"你找到那个大峡谷了吗? 见到那个小姑娘了吗?"

根鸟不做声。

"那你怎么回来了?"

"我想家。"

父亲叹息了一声:"你怎么能半途而废呢?"

根鸟不做声,只是用手在被窝里抚摸着父亲干瘦的腿。

"你这孩子呀,最容易相信一件东西,也最容易忘记一件东西。你这一辈子,大概都会是这样的……"

根鸟用双臂抱住了父亲的双腿。他让父亲说去,而自己却一句话也不愿说。此时此刻,他只想抱紧父亲的双腿。

七天后,父亲便去世了。

从墓地回来后,根鸟并不感到害怕,只是感到了前所未有的孤单。他有点不愿回到那间曾与父亲一起度过了十四个春秋的茅屋。大部分时间,他就坐在院门口,神情漠然地去看秋天在菊坡留下的样子。

根鸟一直记不起大峡谷。

两天后,根鸟走进了自家的柿子林。他小心翼翼地往筐里收摘着成熟的和将要成熟的柿子。他给菊坡人的印象是：从此，根鸟将像他的父亲一样，成为菊坡的一个猎人，一个农人，他不会再离开这个地方了，他将在这里长成青年，然后成家、生小孩，直至像他父亲一样在这里终了。

根鸟解开了马的缰绳：你愿去哪儿就去哪儿吧。

但白马没有远走，只是在离根鸟的家不远的地方吃草，而太阳还未落山时，便早早又回到了院门口的大树下。

秋天将去时，根鸟的心绪又有了些变化。而当冬天正从山那边向这里走来时，他开始变得烦躁不安，仿佛心底里有一颗沉睡的种子开始醒来，并开始膨胀，要顶开结实的泥土，生出嫩芽。

根鸟开始骑白马，在菊坡的河边、打谷场上或山道上狂奔。

菊坡村的小孩最喜欢看这道风景。他们或站在路边，或爬到树上，看白马驮着根鸟，在林子里如白光闪过，在路上跑起一溜粉尘。有几个胆大的，故意站在路中央，等着白马过来，眼见着白马就要冲到自己跟前了，才尖叫着，闪到路边，然后在心中慌慌地享受着那一番刺激。

根鸟让白马直跑得汗淋淋的，才肯撒手。然后，他翻身下马，倒在草丛里喘息。白马的嘴角流着水沫，喘息着蹲在根鸟的身边。这时，会有一两只牛虻来叮咬，它就用耳朵或尾巴去扇打，要不，就浑身一抖，将它们赶走。白马终于彻底耗尽了气力，最后连那几只牛虻也懒得去赶了，由它们吸它的血去。这时，稍微有了点力量的根鸟，就从草丛里挣扎起来，走到白马身旁，瞄准了牛虻，一巴掌打过去。当手掌离开马的身体时，手掌上就有了一小片血。

这天，白马驮着根鸟在河边狂奔，在拐弯时，一时心不在焉的根鸟被掼下马来,落进了河水中。水很凉。就在他从水中往岸上爬时,他的头脑忽然变得异常的清醒。他本应立即回家换上衣服,但却湿淋淋地坐在河边上。他朝大河眺望着。大河空空的,只有倒映在它上面的纯静的天空。而就在他将要离去时,他忽然看到远处缥缈的水汽中,悠然飘出了父亲。他看不太清楚,但他认定了那就是父亲。父亲悬浮在水面上,默然无声。而根鸟的耳边却又分明响着父亲的声音:"你怎么还在菊坡?"他心里一惊,睁大了眼睛。随之,父亲的影子就消失了,大河还是刚才的那个大河,河面上空空的。

根鸟骑上马背。此刻,他的耳边响着父亲临终的那天晚上,用尽最后一丝力气,从牙缝挤出的两个字:天意。

根鸟骑着马在村里村外走了好几遍,直走到天黑。他要好好再看一遍生他养他的菊坡村,然后直让它被深深地吃进心中。

这天夜里,菊坡村的一个人夜里出来撒尿,看见村西有熊熊的火光,便大叫起来:"失火了! 失火了!"

人们被惊动起来,纷纷跑出门外。

根鸟正站在大火面前。那间曾给他和父亲遮蔽烈日、抵挡风寒的茅屋,被他点燃后,正在噼噼啪啪地燃烧。

火光映红了菊坡的山与天空。

菊坡的人似乎感到了什么,谁也没有来救火,只是站在一旁静静地看着。

火光将熄时,根鸟骑上了白马。他朝菊坡的男女老少深情地看了最后一眼,那白马仿佛听到了远方的召唤,未等他示意,便驮着他,穿越过火光,重又奔驰在西去的路上。

菊坡的人听见了一长串回落在深夜群山中的马蹄声。那声音后来渐小,直到完全消失,只将一丝惆怅永远地留在菊坡人的心里。

2

走上大平原的路,是根鸟刚满十七岁的那年春天。

这是根鸟第一次见到平原,并且是那样平坦而宽广的大平原。它也许不及根鸟所走过的荒漠阔荡与深远,但它也少了许多大漠的荒凉与严酷。它有的是柔和、清新与流动不止的生命,并且,它同样也是开阔的,让人心胸开朗。根鸟看得更多的是山。山固然也是根鸟所喜欢的,但山常常使根鸟感到目光的受阻。屏障般的山,有时使根鸟感到压抑。在菊坡时,他最喜欢做的一件事,就是翻过山去。但结果总是让他有点失望,因为会有另一座山再次挡住他的视野。大山使根鸟直到他真正走出之后,才第一次感受到遥远的地平线。此时的平原,使根鸟的眼睛获得了最大的自由。他的目光可以一直看下去,一直看到他的目光再也无力到达的地方。他沐浴在大平原温暖湿润的和风中,心中有说不出的清爽与愉悦。

春天的平原,到处流动着浓浓的绿色。

根鸟将马牵到一条小河边,然后用乞讨的饭盆,一个劲地向马身上泼水,直将白马洗刷得不剩一丝尘埃。

根鸟骑着白马,走在绿色之中。旅途的沉闷与单调,似乎因为大平原的出现而暂时结束了。根鸟在马上哼唱起来。一开始,他的哼唱还很认真,但过一会儿,他就使自己的哼唱变得有点狂野起来。他故意让声音扭曲着,让它变得沙哑,把本来应该自然滑下去的唱腔,硬是拔向高处,而把应该飞向高处的唱腔,又硬是让它跌下万丈深渊。他觉得这样过瘾。他不怕人听见后说他唱得难听——难听得像才刚刚学会叫的小狗的吠声。

在春天的太阳下，他的这种好心情，直到太阳偏西，才慢慢淡化下来。

马来到了一条笔直的大道上。道虽宽，但两边的杂草却肆意地要占领路面，也就只剩下中间一条窄窄的小道。马走过时，在土道上留下了一个又一个清晰的蹄印。

马走了一阵，根鸟远远地看到前面有一个红点儿。那个红点儿在一抹的绿色中，很诱人。他就让马走得快了些。过不一会儿，他就看清了那是一个人。再过了一会儿，他就看清了那是一个女孩儿。这时，他就不知道让自己的马是快些走还是慢些走好了。他犹豫起来。那马仿佛要等他拿定主意，也就自动放慢了脚步，还不时吃一口路边的嫩草。

马几乎用了和女孩同样的速度走了一阵之后，才在根鸟的示意之下，加快了步伐。

根鸟已可以十分清楚地看见那个女孩的背影了：这是一个身材修长的女孩儿，穿一条黑色的长裙，上身又套了一件短短的紧身红衣，头发很长；随着走动，那一蓬头发就在红衣服上来回滑动，闪着黑亮的光泽。她提了一只很精致的藤箧。或许是藤箧中的东西有点儿沉重，又或许这女孩儿娇气、力薄，提藤箧的样子显得不太轻松。但女孩儿内心还是坚强的，决心要提好藤箧，保持着一种好看的样子往前走。她走路的样子，与路边杨柳所飘动的柔韧的柳丝，倒是很和谐的。

马又向女孩儿靠近了一段。女孩儿终于听到了马蹄声，便掉过头来看。当看到一匹高头大马跑来时，她立即闪到路边的草丛里，然后就站在那里再也不敢走动了，只怯生生地朝马和根鸟看。

女孩儿大概没有看见过马，现在突然看见，并且是一匹漂亮的马，惊恐的目光里还含着一丝激动。

白马突然加速，朝女孩儿跑来，四蹄不住地掀起泥土与断草。

女孩儿又再一次往路边闪让，直到再也无法闪让。她闪在一棵柳树的后边，只露出一只眼睛来看着。那只藤篮，被她丢弃在草丛里。

根鸟硬是勒住缰绳，才使白马在离女孩儿三四丈远的地方放慢脚步。

马的气势是女孩儿从未经验过的。因此，当马喷着响鼻、扑打着耳朵从她面前经过时，她不禁好似受着寒风的吹打而紧缩着双肩，甚至微微颤抖起来，并闭起双眼来不敢看马。

根鸟心中感到有点好笑。他是高高骑在马上来看那个女孩儿的，因此觉得自己十分地高大，心里的感觉很好。走过女孩之后，根鸟不禁回过头来看了一眼，这时他看到那女孩儿也正在看他。他的印象是，那女孩儿的眼睛不大，几乎眯成一条黑线，像喝了酒似的，醉眼蒙眬。

根鸟骑马西去，但女孩儿的那双眼睛却不时闪现在他的眼前。

根鸟让马飞跑了一阵之后，又让它放慢了脚步，直到让马停住。他还想掉头去看一眼那女孩儿，但却又没有掉过头去。

"她好像需要人帮助。"根鸟有了一个停下来的理由。他把马牵到路边的一条溪流边上。他让马自己去饮水、吃草，然后在溪流边的树墩上坐下，做出一副旅途劳累，需要稍作休息的样子。

女孩儿正朝这边走过来。

根鸟显得慵懒而舒适。他随手捡起身边的小石子，朝水中砸去。那石子击穿水面时,发出一种清脆的声音。他只看溪流,并不去看那女孩儿,但在心里估摸着那女孩儿已走到了离他多远的地方。

女孩儿见到了歇着的马和根鸟,犹豫着走了几步,竟然站住不走了。她用一双纤细的手抓住藤篮的把手,将它靠在双膝上,心怀戒备,朝这里警惕地看着。看来,她既怕马,还怕根鸟。根鸟与人太不一样。长时间的跋涉,使根鸟无论是从眼睛还是到整个身体,都透出一股荒野之气。他很瘦,但显得极为结实,敞开的胸脯是黑红色的,像发亮的苦楝树的树干,能敲出金属的声响。长时间地躲避风沙,使他养成了一个半眯着眼看人的习惯。他的眉毛与眼眶仿佛是为了顺应周围环境的需要,居然在生理上发生了变化,前者又长又密,并如两只蚕一般有力地昂头弯曲着,而后者用力地凸出来,仿佛要给眼珠造成两片遮挡风雨与阳光的悬崖。目光投射出来时,总带着一丝冷峭,加上那双眉毛,就让人觉得他的目光像锥子一样在挖人。他的头发也变得又粗又硬,一根一根,如松树的针叶一般竖着。还有那肮脏的行装,都使人感到可疑、可怕。

根鸟瞥了几次女孩儿,忽然明白了她在怕他和他的马,便拍了拍手上的灰尘,起身上马,又往西走了。骑在马上,他心中不免有点失落,再看大平原的风景,也就没有先前那么浓的兴趣了。

太阳正落下去。这是根鸟第一次看见平原的落日。太阳那么大,那么圆,颜色红得像胭脂。它就那样悬浮在遥远的田野上,使天地间忽然变得十分静穆。

一条小河隔断了西去的路,只有一座独木桥将路又勉强地联结起来。

根鸟下马,让马自己游过河去,自己则非常顺利地走过了独木桥。

根鸟本想骑马继续赶路的,忽然又在心中想起那个女孩儿:她也能走得了这座独木桥吗? 他站住了朝东望去,只见女孩儿正孤单单地朝这里走过来。

女孩儿走到小河边,看到了那座独木桥之后,显出一点慌张。当她用眼睛在河上企图找到另外可走的桥或可将她渡过河去的船而发现河上空空时,她则显得不安了。

女孩儿大概必须要走这条路。她提着藤篓,企图走过独木桥,但仅仅用一只脚在独木桥上试探了一下,便立即缩了回去。

太阳仿佛已经失去了支撑的力量,正明显地沉落下去。黄昏时的景色,正从西向东弥漫而来。

根鸟从女孩儿的目光里得到一种信号:她已不太在意他究竟是什么人了,她现在需要得到他的帮助。他潇洒地走过独木桥,先向女孩儿的藤篓伸过手去。

女孩儿低着头将藤篓交给了根鸟。

根鸟提着藤篓朝对岸走去。走到独木桥的中间,根鸟故意在上面做了一个摇晃的动作,然后掉过头去看了一眼惊愕的女孩儿,低头一笑,竟大步跑起来,将藤篓提到了对岸。

减轻了重量的女孩儿,见根鸟在对岸坐下了,明白了他的意思:这样,你可以走过来了。于是,她又试着过独木桥,但在迈出去第一步时,她就在心里知道了她今天是过不去这座独木桥了。

太阳还剩下半轮。西边田野上的苦楝树,已是黑铁般的剪影。

女孩儿茫然四顾之后,望着正在变暗的河水,显出了要哭的样子。

平原太空荡了，现在既看不到附近有村落，也看不到行人。陌生的旷野，加之即将降临的夜色，使女孩儿有了一种孤立无援的感觉。而这个看上去尽管已有十五六岁的女孩儿，显然又是一个胆小的女孩儿。

根鸟知道她已不再可能过桥来了，便再一次走过去。他犹豫了一下，向女孩儿伸过手去，女孩儿也将手伸过来。可就在两只手刚刚一搓触时，就仿佛两片碰在一起的落叶忽遇一阵风吹而又被分开了。根鸟将手很不自然地收回来，站在独木桥头，一时失去了主意。

女孩儿将手收回去之后，下意识地藏到了身后。

根鸟又走过桥去。他在走这座独木桥时，那只曾碰过女孩儿手的手，却还留着那瞬间的感觉：柔软而细嫩。他的手的粗糙与有力，使那只手留给他的感觉格外鲜明与深刻。他感到面部发涨。这是他十七年来第一次接触女孩儿的手。他在对岸站着，不知道怎么帮助女孩儿。而他在心里又非常希望他能够帮助她，她也需要他帮助她。

女孩儿真的小声哭泣起来。

根鸟一边在心中骂她没有出息，一边从一棵树上扳下一根树枝来。他取了树枝的一截，然后又再从独木桥上走回来。一根小木棍儿，七八寸长。他抓住一头，而将另一头交给了女孩儿。

女孩儿抓住了木棍的另一头。

根鸟紧紧地抓住木棍，尽量放慢速度，一寸一寸，一步一步地将女孩儿搀向对岸。

走到独木桥中间时，根鸟感觉到女孩儿似乎不敢再走了，便转过身来，用目光鼓励她。

这样的目光，对女孩儿来讲，无疑是有用的。她鼓足了勇气,又走完了独木桥的另一半。

在根鸟的感觉里,一座只七八米长的独木桥,几乎走了一百年。

走过了独木桥,女孩儿一直苍白着的脸一下子红了。她很感激地看了根鸟一眼,随即又变得害羞起来。

太阳彻底沉没了。四野一派暮色。天光已暗,一切都变成影子。

根鸟朝不见人烟的四周一看,问道:"你去哪儿?"他已很长时间不说话了,声音有点涩而沙哑。

"我回家。"

"你家在哪儿?"

"往西走,还很远。"

"那地方叫什么?"

"米溪。"

"那我知道了,还有好几十里地呢。我也要往那儿去。"

"米溪有你的亲戚吗?"

"没有。我要路过那儿。我还要往西走。"

女孩儿得知根鸟也要去米溪,心中一阵高兴:她有个同路的,她不用再害怕了。但当她看到白马时,又一下子变得十分失望:人家有马,怎么会和你一起慢吞吞地走呢?

根鸟抓起缰绳。

女孩儿立即紧张起来:"你要骑马走吗?"

根鸟回头看着她:"不,天黑了,我和你一起走吧。"

女孩儿用眼睛问着:这是真的吗?

根鸟点了点头,将缰绳盘到了马鞍上,让马自己朝西走去。他提了藤箧,跟在了白马的身后。那白马似乎通人性,用一种根鸟和女孩觉得最适合的速度朝前走着。

空旷的原野上,白马在前,根鸟在中间,女孩儿跟在根鸟身后,默默地走着。这组合又会有所变化:根鸟在前,女孩儿跟着,白马又跟着女孩儿;女孩儿在前,根鸟在后,白马跟着根鸟。但无论是何种组合,根鸟和女孩之间一直没有说话。

夜色渐渐深重起来。四周全是黑暗,白天的景色全部隐藏了起来。

根鸟已不可能再看到女孩儿的眼睛,但他分明感觉到身后有一双细眯着的眼睛在看着他的后背,因此一直不敢回头。

当根鸟意识到不能再让女孩儿走在最后,而闪在路边让女孩儿走到前面去之后,那女孩儿也似乎觉得后面的根鸟在一直看着她,同样地不敢掉过头来。女孩儿像记住了她的眼睛的根鸟一样,也记住了根鸟的眼睛。不知为什么,她不再害怕他的那双与众不同的眼睛了。她很放心地走着。她现在不敢回过头来,是因为那莫名其妙的害羞。

除了风掠过树梢与路边池塘中的芦苇时发出的声响,就只有总是一个节奏的马蹄声。

走在后边的根鸟有一阵心扑通扑通地跳起来,因为风从西边吹来,将女孩儿身上的气息吹到了他的鼻子底下。他无法说清这是一种什么样的气息,但这神秘的气息,使他的心慌张起来。他不禁放慢了速度,把与女孩儿的距离加大了一些。

女孩儿觉得后面的脚步声跟不上了,就有点害怕,站住不走了。

根鸟又赶紧撵上两步来。他们终于又相隔着先前的距离,朝西走去。

绿莹莹水汪汪的大平原,夜间的空气格外湿润。根鸟摸了摸头发,头发已被露水打湿。正在蓬勃生长的各种植物,此时发出了与白天大不一样的气味。草木的清香与各种花朵的香气,在拧得出水来的空气中融和,加上三月的和风,使人能起沉醉的感觉。无论是根鸟还是女孩儿,他们都一时忘记了旷野的空荡、深夜的恐怖和旅途的寂寞,而沉浸在乡野气息的愉悦之中。

又走了好一阵,终于女孩儿先开口说话了:"你叫什么名字?"

"我叫根鸟。"

女孩儿似乎在等待根鸟也问她叫什么名字,但根鸟并没有问她。过了一会儿,她说:"我叫秋蔓。"

"你怎么会是一个人走路?"根鸟问。

秋蔓告诉根鸟,她在城里读书,现在读完了。一个月前,她托人捎信回家,让人到船码头接她,结果她在码头上左等右等,也未见到家人。她怀疑可能是家人记错了日子,要不就记错了船码头——她可以分别在两个不同的码头下船,而在不同的码头下来,她就会有两条回家的路。

"如果是你记错了日子或者船码头了呢?"

"肯定是他们记错了。"秋蔓在说这句话时,口气里满是委屈,又要哭了似的。

"你往西去哪儿?"女孩儿问。

根鸟不知道怎么回答她。他想告诉她西去的缘故,但他打消了这个念头。他怕女孩笑话他。因为,几乎所有的人在听到这样的缘故后,都会嘲笑他。他支支吾吾地:"我要去很远很远的地方。"

女孩儿见根鸟不愿回答,心里有了点神秘感。但她没有去追问。她是一个乖巧的女孩儿。

月亮终于从东边的树林里升起来。大概是因为夜雾的缘故,它周边的光华显得毛茸茸的。但,随着它的升高,光就变得越来越明亮。路随之亮了起来,人、马以及周围的物象也都亮了起来。黑暗去了,变成了朦胧。由于朦胧,就使根鸟和秋蔓觉得,那林里,芦苇丛里,草窠里,庄稼地里,到处都藏着秘密。春季月光下的夜晚,与人醉酒之后所看的物象差不多,一切都恍恍惚惚的。

一片无边无际的麦地出现了。麦子已经抽穗,近处的麦芒在月光下闪着银光。风大了些,黑色的麦浪温柔地向东起伏而去。很远很远的地方,传来了梆子声。这似有似无的梆子声,将春夜敲得格外宁静和寂寞。

道变窄了,他们不时被涌过来的麦浪打着双腿。

要是根鸟独自一人行走在这旷野里,他会突然大喊一声,或故意扭曲地唱上几句。但此刻,有个女孩儿在他前头,他不能这样做。他也不想去破坏这份宁静——这份宁静让他非常喜欢。

已走到后半夜了。根鸟和秋蔓都不觉得困倦。但秋蔓显然走得有点困难了。根鸟牵住了马,说:"你骑上马吧。"

秋蔓摇了摇头。

"骑上吧。这马非常乖的。"

"我没有骑过马。"

"没有关系的。骑上它吧。"根鸟说着,就在马的身旁蹲下,并将腰弯成直角,给秋蔓一个水平的脊背。

秋蔓不肯。

根鸟就固执地保持着那样一个姿势:"骑上马吧。你的脚已打出泡来了。"

"你怎么知道的?"

根鸟说不清他是怎么知道的,但只是觉得秋蔓的脚上肯定打出泡来了。

秋蔓终于将脚踩到了根鸟的背上。根鸟慢慢地升高、升高，最后他踮起双脚，将秋蔓送到了马背上："抓住马鞍上的扶手，你肯定不会摔下来的。"

秋蔓开始有点紧张，但白马努力保持平衡，使秋蔓慢慢放松下来。她从未骑过马。马背上的感觉是奇特的。如果是家人在她身旁，她会咯咯咯地笑起来。

根鸟惟恐秋蔓有个闪失，就牢牢地牵着缰绳，走在马的身旁。

秋蔓只能看到根鸟的头顶与双肩。她觉得他的双肩很有力量。

路穿过一片树林时，月亮已经高悬在头顶上，林子里到处倾泻着乳汁一般的光华。根鸟主动向秋蔓诉说了他西去的缘由。说完之后，他就担忧秋蔓会笑话他。

秋蔓没有笑话他。

但他却在看也没看秋蔓的面孔时，竟然觉得秋蔓在笑，并且笑弯了眉毛。他还听出了秋蔓心中的一句话："你好傻!"是善意的，就像这月光一样的善意。根鸟心里有一股暖暖的、甜甜的，又含了点不好意思的感觉。

黎明前的那阵黑暗里，他们走到了那个平原小镇:米溪。

在秋蔓的带领下，他们走到了一座大宅的门前。

根鸟以同样的方式，将秋蔓从马上接下。

秋蔓立即朝大门跑去。根鸟看见了被门旁两只灯笼照亮的大门。他从未见过这样又高又大的门。灯笼在风里晃动，上面写着一个"杜"字。

秋蔓急促地叩响了大门上的门环，并大声地叫着："开门呀，开门呀，我回来啦!"

随即门里传来"吃通吃通"的脚步声。门很快吱呀打开了。有许多灯笼在晃动,灯光下有许多人。他们认出了秋蔓之后,又掉过头去向里面喊道:"小姐回来啦!小姐回来啦!"后面又有人接着把这句惊喜的话,继续往深处传过去。根鸟直觉得这大宅很深很深。

秋蔓竟然"哇"的一声哭了。

那些人显得十分不安。他们告诉秋蔓,家里派人去船码头接了,没有接着,正着急呢,所有的人到现在还都没有睡觉,老爷和太太也都在客厅里等着呢。差错出在秋蔓记着的是一个码头,而家中的人却以为是另一个码头。

秋蔓被一群人前呼后拥地送往大宅的深处。

一直站在黑暗中的根鸟,通过洞开着的大门往里看时,只见房子后面有房子,一进一进地直延伸到黑暗里。灯笼映照着一根根深红的廊柱、飞起的檐角、庭院中的山石与花木……

过了不一会儿,人群又回来了。他们显然已听了秋蔓的诉说,看根鸟来了。走在前面的是秋蔓。她一手拉着父亲的手,一手拉母亲的手。见了根鸟,她对父母亲说:"就是他。"

秋蔓的父亲身材瘦长,对着根鸟微微一鞠躬:"谢谢你了。"随即让佣人们赶紧将根鸟迎进大门。

根鸟一开始不肯,无奈杜家的人不让他走,连拖带拉地硬将他留住了。沐浴、更衣……当根鸟在客房中柔软舒适的大床上沉沉睡去时,天已拂晓。

3

根鸟醒来时,已是第二天快近中午了。

秋蔓早已守候在寝室外的厅里,听见寝室门响之后,对两个女佣说:"他醒了。"

两个女佣赶紧端来洗漱的铜盆。秋蔓接过来,要自己端进去。两个女佣不让:"哪能让小姐动手呢。"但秋蔓却固执地一定要自己端进去。两个女佣只好作罢,在门外站着。

根鸟见秋蔓进来,望了一眼窗外的日光,有点不好意思:"我起晚了。"

秋蔓笑笑,将铜盆放在架子上。那铜盆擦得很亮,宽宽的盆边上搭着一条雪白的毛巾,盆中的清水因盆子还在微微颤动,荡出一圈圈细密的涟漪。

根鸟手脚不免有点粗笨,洗脸时,将盆中的水洒得到处都是。

秋蔓一旁站着,眯着眼笑。

等根鸟吃完早饭,秋蔓就领他在大院里的那一幢幢房子里进进出出地看,看得根鸟呆呆的。这个大宅,并没有给根鸟留下具体的印象。他只觉得它大,除此之外,还有一些颜色与光影在他的感觉里闪动:砖瓦的青灰、家什亮闪闪的莘荠红、庭院莲花池中水的碧绿、女佣们身着的丝绸衣服的亮丽……

杜家是米溪一带的富户,有田地百余亩,有水车八部,有磨坊两座,还有一片这一带最大的米店。

根鸟自然从未见过这么大的大宅。

接着,秋蔓又领着根鸟去看米溪这个镇子。

这是大平原上的水乡地区。米溪坐落在一条大河边上。一色的青砖青瓦房屋,街也是由横立着的青砖密匝匝地铺成,很潮湿的样子。街两旁是梧桐树。梧桐树背后,便是一家家铺子,而其中,有许多是小小的酒馆。家家的酒馆都不空着。这里的人喝酒似乎都较为文雅,全然没有根鸟在青塔或其他地方上见到的那么狂野与凶狠。他们坐在那里,用小小的酒盅,慢慢地品咂着,不慌不忙,全然不顾室外光阴的流逝。几条狗,在街上随意地溜达,既不让人怕,也不怕人。中午的太阳,也似乎是懒洋洋的。小镇是秀气的,温馨的,闲适的。

根鸟走在阳光下,也不禁想让自己慵懒起来。

在杜府住了两日,根鸟受到了杜家的热情款待,但他在心里越来越不自在起来。这天晚上,他终于向秋蔓的父母亲说:"伯父伯母,我明日一早,就要走了。"

秋蔓的父母似乎挺喜欢根鸟,便用力挽留:"多住些日子吧。"

根鸟摇了摇头:"不了。"

秋蔓的父母便将根鸟要走的消息告诉了秋蔓。秋蔓听了,默不作声地走到自己的房间去了。

第二天一大早,根鸟就起了床,收拾好了自己的行装,将白马从后院的树上解下,牵着它就朝大门外走。

秋蔓的父母又再作最后的挽留。

根鸟仍然说:"不了,我该上路了。"他说这句话时,不远处站着的秋蔓正朝他看着。那目光里有一种说不出的神色,它使根鸟的心忽地动了一下,话说到最后,语调就变弱了。

秋蔓默默地站着,一直用那样的目光看着他。

杜府的老管家是一个慈祥的老头,就走过来从根鸟手中摘下缰绳:"既然老爷和太太这么挽留你,小姐她……"他看了一眼秋蔓:"自然也希望你多住几日,你就再住几日吧。"

根鸟就又糊里糊涂地留下了。

又住了三日,根鸟觉得无论如何也该走了。这回,秋蔓则自己一点不害羞地走到了根鸟的面前,说:"我知道你为什么要走。"

根鸟不吭声。

"你是不愿意这样住在我家。你不是在路上对我说过,你要在米溪打工,挣些钱再走的吗?那好,我家米店里要雇背米的,你就背米吧,等挣足了钱,你再走。"

根鸟不知如何作答。

"留不留,随你。"秋蔓说完,掉头走了。

根鸟叫道:"你等一等。"

秋蔓站住了,但并不回头。

根鸟走上前去:"那你帮我对伯父说一说。"

秋蔓说:"我已经说好了。"

当天下午,根鸟就被管家领到了大河边上。

杜家的米店就在大河边上。很大的一个米店。这一带,就这么一家米店,那米进进出出,每天都得有上万斤。

河上船来船往,水路很是忙碌。米溪正处于这条河的中心点,是来往货物的一个转运码头。这米店的生意自然也就很兴旺。

管家将根鸟介绍给一个叫湾子的人。湾子是那几个背米人的工头。

根鸟很快就走下码头,上了米船,成了一个背米的人。他心里很高兴,因为他可以凭自己的力气在这里挣钱了。这个活对他来说,似乎也不算沉重。他在鬼谷背矿石背出了一个结实的背、一副结实的肩和一双结实的腿。一麻袋米,立在肩上或放在背上,他都能很自在地走过跳板、登上二十几级台阶,然后将它送到米店的仓里。

那几个背米的人,似乎都不太着急。他们在嘴里哼着号子,但步伐都很缓慢。在背完一袋与再背下一袋之间,他们总是一副很闲散的样子:放下米袋之后,与看仓房的人说几句笑话，或是在路过米店柜台前时与米店里的伙计插科打诨，慢慢地走那二十几级台阶，慢慢地走那跳板，上了船，或是往河里撒泡尿，或是看河上的行船、从上游游过来的鸭子，或者干脆坐在台阶或船头上慢慢地抽烟。有时，他们还会一起坐下来，拿了一瓶酒，也不用酒盅，只轮着直接将嘴对着瓶口喝……

根鸟不管他们，他背他的，一趟一趟不停歇地背。

起初，那湾子也不去管根鸟，任由他那样卖力地背去。湾子大概是在心中想：这个小家伙，背不了多久就会用光力气的。但一直背到晚上，根鸟也没有像他们那样松松垮垮的。到了第二天，湾子见根鸟仍然用那样一种速度去背米，就对根鸟说："喂，你歇一会儿吧。"

根鸟觉得湾子是个好心人，一抹额上的汗珠，随手一摔，朝湾子憨厚地笑着："我不累。"继续地背下去。

湾子就小声骂了一句，走到几个正坐在台阶上喝酒的人那儿说："那家伙是个傻子！"

中午，当根鸟背着一麻袋米走上跳板时，湾子早早地堵在了跳板的一头。他让根鸟一时无法走过跳板而只好扛着一麻袋米干站在跳板上："让你别急着背，你听到没有？"

根鸟一听湾子的语气不好，抬头一看，只见湾子一脸的不快，心里就很纳闷：为什么要慢一些背呢？

湾子挪开了。

根鸟背着米，走下跳板，走在台阶上，心里怎么也想不明白。在他看来，既然每天拿人家的工钱，就应当很卖力地为人家干活。根鸟已在很多处干过活、干过很多种活，但根鸟是从来不惜力的。他没有听从湾子的话，依然照原来的速度背下去。根鸟就是根鸟。

那几个背米的不再向根鸟说什么，但对根鸟都不再有好脸色。

在根鸟背米时，秋蔓常到大河边上来。她的样子在告诉人：我是来河边看河上的风光的，河上有好风光。有时，她会一直走到水边，蹲在那儿，也不顾水波冲上来打湿她的鞋，用那双嫩如芦笋的手撩水玩耍，要不，就去掐一两支刚开的芦花。

根鸟听米店的一个伙计在那儿对另一个伙计说："秋蔓小姐是从来不到米店这儿来的。"

根鸟背着米，就会把眼珠转到眼角上来去寻找秋蔓。

在这天晚上的饭桌上，秋蔓无意中对父亲说了这样一句话："根鸟背两袋米，他们一人才背一袋米。"

站在一旁的老管家插言："照米店这样大小的进出量，实际上，是用不了那么多人背米的。"

秋蔓的父亲就将筷子在筷架上搁了一阵。

第二天，秋蔓的父亲就走到了河边上，在一棵大树下站了一阵。

等湾子他们发现时，秋蔓的父亲已在大树下转过身去了。但他们从秋蔓父亲的背影里感觉到了秋蔓父亲的不满。等秋蔓父亲远去之后，他们看着汗淋淋的却背得很欢的根鸟，目光里便都有了不怀好意的神色。

根鸟不知自己哪儿得罪了湾子他们——他们何以这种脸色待他？但根鸟并不特别在意他们。他只想着干活、挣钱，也就不与他们搭话。活干得是沉闷一点，但根鸟也无所谓——根鸟在孤旅中有时能有十天半个月不说一句话呢。

又过了两天。这天来了一大船米。根鸟心里盘算了一下：若不背得快一些，今天恐怕是背不完的，得拖到第二天去。因此，这天，他就背得比以往哪一天都更加卖力。

下午,根鸟背着一袋米,转身走上跳板不久,就出事了:跳板的那一头没落实,突然一歪斜。根鸟企图保持平衡,但最终还是失败了,连人带米都栽到了河里。

　　湾子他们见了,站在岸上冷冷地看,也不去拉根鸟。

　　根鸟从水中冒出来之后,双手还紧紧地抓住麻袋的袋口。那一麻袋米浸了水,沉得像头死猪,根鸟好不容易才将它拖到岸上。

　　湾子说:"这袋米你是赔不起的。"一边说,一边在那里稳着跳板。

　　根鸟黯然神伤,嘴中喃喃不止:"跳板的那一头,怎么会突然悬空了呢? 跳板的那一头,怎么会突然悬空了呢?"

　　其中一个背米的一指根鸟的正在河边吃草的马,环顾了一下四周,小声地说:"没有人会发现你走的。"

　　根鸟摇了摇头,不干活了,也不去管那袋浸了水的米,牵了马,来到杜府门口。他将马拴好,湿漉漉地走进大门。秋蔓正好走过来,惊讶地望着他。他不与秋蔓说是怎么了,径直走向秋蔓的父亲所在的屋子。秋蔓就跟在后头问:"根鸟,你怎么啦?"他不回答。

　　见了秋蔓的父亲,根鸟将米袋落水的事照实告诉了他,然后说:"这些天的工钱,我一分不要。您现在就说一下,我大概还要干多少天,才能拿工钱抵上?"

　　秋蔓的父亲什么也没说,只是让佣人们快些拿干净的衣服来,让根鸟换上。

　　根鸟不换,硬是要秋蔓的父亲给一个说法:他还要背多少天的米?

　　秋蔓的父亲走过来,在他潮湿的肩上用力拍了几下:"我自有说法的,你现在必须换衣去!"

根鸟被佣人们拉走了。

秋蔓的母亲搂着秋蔓的肩膀,看着根鸟走出屋子,那目光里有一种来自内心深处的怜悯与喜爱。

傍晚,所有背米的人,都被召到杜府的大门外。秋蔓的父亲冷着脸对他们说:"除了根鸟,你们明天都可以不用再来背米了。"

湾子他们几个惊慌地望着秋蔓的父亲。

秋蔓的父亲说:"你们心里都明白你们为什么被解雇了。"他对老管家说:"把工钱结算一下,不要少了一分钱!"说罢,转身走进大门。

湾子他们大声叫着:"老爷! 老爷……"

老管家朝他们叹息了一声。

湾子他们一个个都显出失魂落魄的样子,其中一个竟然蹲在地上像个女人似的哭起来:"丢了这份活,我去哪儿挣钱养家糊口!"

一直站在一旁的根鸟,心里有一种深深的负疚感。天将黑时,他对在冰凉的晚风中木然不动的湾子他们说:"你们先别走开。"说罢,走进大门里。

当月亮升上来时,老管家走了出来,站到了大门口的灯笼下,点着手指,对湾子他们说:"你们几个,得一辈子在心里感谢根鸟这孩子!"

根鸟是怎么向秋蔓的父亲求情的,老管家没有再细说。

4

根鸟的钱袋变得丰满起来。他又在想:我该上路了。

根鸟打算先把这个意思告诉秋蔓。这天上午他没有再去背米,来到了秋蔓的房前。女佣告诉他:"小姐到镇子后面的草坡上,给你放马去了。"

根鸟走出镇子,远远地就看到了正在草坡上吃草的白马。他走近时,才看到秋蔓。

太阳暖融融的,秋蔓竟然在草坡上睡着了。

正是菜花盛开的季节,香气浓烈。草木都在熏风里蓬勃地生长,空气里更是弥漫着让人昏昏欲睡的气息。

秋蔓的周围,开放着五颜六色的野花。她显出一副无忧无虑、身心惬意而慵懒的样子:她四肢软绵绵地摊放在草地上,两只手的手背朝上,十指无力地伸出,在绿草的映照下,分外白嫩;她把两只鞋随意扔在草丛里,阳光下的两只光脚呈倒"八"字分开斜朝着天空,十只脚趾,在阳光的映照下,发着暗暗的橘红色的光亮,仿佛是半透明的;微风将她的头发吹起几缕,落在了她的脸上,左边那只眼睛就常被头发藏住——藏又没有完全藏住,还时隐时现的。

根鸟远远地离她而坐,不敢看她。

马就在近处吃草,很安静,怕打扰了谁。

有时,风大了些,她的眉毛就会微微一皱,但风去了,眉毛又自然舒展开来。有时,也不知梦见什么了,嘴角无声地流出笑容来。有时,嘴还咂巴着,仿佛一个婴儿在梦里梦见了母亲的怀抱,后来知道是一个梦,咂巴了几下,就又恢复成了原先的样子。

几只寻花的蜜蜂,竟然在秋蔓的脸旁鸣叫着,欲落不落地颤翅飞着。秋蔓似醒非醒侧过脸来,并将身子也侧过来,一只胳膊就从天空划过,与另一只胳膊叠合在一起。她的眼睛慢慢睁开——似睁非睁,只是上下两排原是紧紧合成一线的睫毛分开一道细细的缝隙。她终于看见了根鸟,连忙坐起来,用双手捂住脸,半天,才将手拿开。

"马在吃草。"秋蔓说。

根鸟点点头:"它快要吃饱了。"

"你怎么来了?"

"我看马来了。"根鸟说着,站起身来。他没有看秋蔓,只是朝远处的金黄的菜花田看了一会儿,转身走了。

秋蔓看着根鸟消失在往镇子的路上,就觉得田野很空大,又很迷人。

根鸟没有再提离开米溪的事。他使湾子他们觉得,根鸟可能要在米溪做长工了。

湾子他们还要常常驾船将米运到另外的地方,或从另外的地方将米运回米溪。那粮食似乎老是在流动中的。这天,湾子、根鸟和另外两人,驾了一条大船,从百十里外的地方购了满满一大船米,正行进在回米溪的路上。傍晚时,湾子他们落下了风帆,并将桅杆倒了下来:河道已变得越来越狭窄,再过一会儿,就要过那水流湍急的葫芦口了。湾子他们一个个都精神起来,既感到紧张,又有一种渴望刺激的兴奋。

大船无帆,但却随着越来越急的水流,越来越快地向前驶去。两岸的树与向日葵,就像中了枪弹一般,不停地往后倒去。船两侧,已满是跳动不停的浪花。

"船马上就要过葫芦口了!"掌舵的湾子叫道。

根鸟往前看,只见河道像口袋一般突然收缩成一个狭小的口,本来在宽阔的河床上缓慢流淌的河水,就一下汹涌起来,发狂似的要争着从那个口冲出去。根鸟的心不由得就如同这浪花一般慌慌地跳动起来。

船头上,一侧站了一人,一人拿了一根竹篙,随时准备在船失去平衡而一头冲向河道两侧的石头时,好用它抵住石头,不让船碰撞上。

转眼间,大船就逼进了葫芦口。

大船在浪涛里晃动起来,两侧的水从岸边的石头上撞回来,不时将水花打到船上。湾子两眼圆瞪,不敢眨一眨,两只手紧紧握住舵杆。不知是因为船在颤抖,还是他人在颤抖,他两片嘴唇颤抖不止。

握竹篙的两位,那竹篙也在手中颤抖。

没有根鸟的任务。他只是心惊肉跳地坐在船棚顶上看着。

距离葫芦口八九十米时,浪涛的凶猛与水流毫无规则的旋转,使湾子一下子失去了掌舵的能力,那船一头朝左岸撞去。左边的那个掌篙人一见,立即伸出篙子,猛劲抵住。船头被拦了回头,但因用力过猛,那竹篙被卡在石缝里一时无法拔回,掌篙人眼见着自己就要栽到水里,只好将竹篙放弃了。此时,大船就像断了一只胳膊,右边的那个掌篙人立即惊慌起来,左右观看,竹篙一会向左,一会向右。而此刻的舵,在过急的水流中基本上失灵了。湾子一边还死死地握着舵杆,一边朝掌篙人大声叫着:"左手!""右手!"

就在大船即将要通过葫芦口,那惟一的一根竹篙在用力抵着岸边石头而终于弯得像把弓时,咔嚓一声折断了。

全船人立即大惊失色。

根鸟一时呆了。

船完全失去了控制,在波浪里横冲直撞。

当葫芦口的黑影压过来时,全船的人都看到了一个可怕的景象:大船在无比强大的水力推动下,正朝一块有着锋利斜面的石头冲去。

湾子双腿一软,瘫坐了下去,舵杆也从他手中滑脱了。

两个掌篙人跳进了船舱里,只等着那猛然一震。

就在一刹那间,他们的眼前都忽地闪过船被撞裂、水哗哗涌进、大船在转眼间便沉没的惨象。

根鸟却在此时敏捷地跳起。他以出人意料的速度,抱起一床正放在船棚上晾晒的棉被,跳到船舱的米袋上,几个箭步,人已到了船头。就在船头与利石之间仅剩下一尺的间隙时,他已将棉被团成一团,塞到了这个间隙里,船在软悠悠的一震之后,被撞了回来,随即,穿过狭小的葫芦口,顺流直下。

湾子却发疯般地喊了起来:"根鸟——"

其他两个人,也跳到了船头上,望着滚滚的流水,大声喊着:"根鸟——"

根鸟被弹起后,离开了船头,在石头上撞了一下,掉进水中去了。

只有翻滚的浪花,全然不见根鸟的踪影。

大船在变得重又开阔的水面上停住之后,湾子他们都向回眺望,他们除了看到葫芦口中的急流和葫芦口那边跳跃着的浪花之外,就只看到那床挽救了木船使其免于一毁的棉被,正在向这边漂来。

他们将船靠到岸边。湾子派一个人立即回米溪去杜府报告,他和另一个人沿着河边往葫芦口寻找过去。

湾子他们二人喊哑了喉咙,也不见根鸟的回应。两人又跳下水中,不顾一切地搜寻了一通。

这时,天已黑了下来。

米溪的人来了,浩浩荡荡来了许多。他们在秋蔓的父亲指挥下,四下搜寻,直搜寻到深夜,终未有个结果。知道事情的结局八成是凶多吉少,大家只好先回米溪。剩下的事,似乎也就是如何将根鸟的尸体寻找到。

杜府的人，上上下下，彻夜未眠。

秋蔓没有被获准到葫芦口来。米溪的人走后，她就一直呆呆地站在大门口。佣人们说天凉，劝她回屋，她死活不肯。深夜，见父亲一行人毫无表情地回来，她一句话没问，掉头进了大门，回到自己的房间里，将门关上，伏在床上，口中咬住被子的一角，呜呜哭泣起来。

秋蔓的母亲一直坐在椅子上，叹息一阵，流泪一阵。

秋蔓的父亲说："应该通知他的家人才是。"

秋蔓的母亲说："他对秋蔓讲过，他已没有一个亲人了。再说，谁又能知道他的家究竟在哪儿。"

白马在院子里嘶鸣起来，声音在夜间显得十分悲凉。

第二天的寻找，也是毫无结果。

下午，杜家的一个男佣突然发现白马也不知什么时候失踪了。

黄昏时，当整个米溪全在谈论根鸟救船落水、失踪，无不为之动容时，一个在街上玩耍的孩子，突然叫了起来："那不是根鸟吗？"

街的东口，根鸟的白马摇着尾巴在晚霞中出现了。马背上，坐着根鸟。

白马走过街道时，人们都站到了街边上，望这个命运奇特的少年。

根鸟一脸苍白，充满倦意地朝善良的人们微笑着。

杜府的人早已拥了出来。

秋蔓看见白马走来时，发疯似的跑过来。后来，她一边随着马往门口走，一边仰脸朝马背上的根鸟望着，泪水盈眶。

佣人们将他从马上接下，然后扶着他朝门内走去。

秋蔓的父母走过来。秋蔓的父亲用力握了一下根鸟的手，那一握之中，传达了难以言表的心情。秋蔓的母亲则用手捂住自己的嘴，不让自己哭出声来，慈祥的目光，则一直看着根鸟。

根鸟落水后，被激流迅速地卷走，当湾子他们回首朝葫芦口眺望时，他大概还在水下，而当他们往回走时，他已在与他们相反的方向浮出了水面。当时天色已晚，水面上的景物已什么也不见。后来，他被水冲到了一片芦苇滩上。他苏醒过来时，已是深夜。他吃力地朝岸上爬着。等用尽力气，爬到河岸边一个大草垛底下时，也不知是过于疲倦还是昏迷，他在干草上竟又昏沉沉地睡去。再一次醒来时，已差不多是第二天太阳快落的时候。他一时都弄不清楚自己到底是在哪儿，更加纳闷的是，那白马何以侧卧在他的身旁？他挣扎着上了马，任由马将他驮去。

根鸟在佣人们的帮助下，换上干衣，被扶到床上。一时间，他的房门口，就进进出出的全是人，有喂姜汤的女佣，有刚刚被请来的医生……忙了好一阵，见根鸟的脸色渐渐转红时，人才渐渐走净。

根鸟后来睡着了。蒙眬中，他觉得被擦伤的胳膊不再灼痛，同时，他还感到有一股细风吹在伤口上，睁开眼来，借着烛光，他看到秋蔓跪在他的床边，圆着嘴唇，正小心翼翼地往他的伤口上轻轻地吹着气。他又将眼睛悄悄地闭上了。

夜里，秋蔓的父亲和母亲一直难以入睡，而在枕上谈论着一个共同的话题——关于根鸟的话题。

秋蔓的父亲原是一个流浪汉，不知从什么地方流浪到了米溪之后，便在这里扎了根，从此开始在这里建家立业。几十年过去了，他有了让这一带人羡慕的家业。如此身世，使他本能地喜欢上了根鸟。他觉得只有根鸟这样的人才会有出息。
而事实证明,确实如此。秋蔓的母亲则在心中不免有点凄清
地想着:杜家没有儿子,而根鸟又是一个多么让人喜欢的孩
子,若能留住他,该有多好!

　　秋蔓的父亲终于说道:"我想将这孩子留下来!"

　　秋蔓的母亲微微叹息一声:"就不知道我们有没有这个福
气。"

5

　　根鸟休息了差不多半个月,身体不但恢复到原来的状况,
还长胖了些。在这期间,杜家对他的照顾是无微不至的。已
流浪了许多时光的根鸟,一日一日地沉浸在一派从未有过的
温暖与家的感觉里——因为杜家人多,且又很富有,那种家的
感觉甚至比当年与父亲两人一起守望岁月时还要来得深刻。
有时,他不免有点羞于接受这种温暖。

　　根鸟在这段时间里,大部分时光是在房间里度过的。一
是因为自己的身体特别虚弱,二是因为那房间也实在让他感
到舒适。每天早晨,佣人们都早早守候在门外,房里一有起床
的动静,便会立即端来洗漱的东西。等他洗漱完毕,一顿非常
讲究的早餐便会端进来。已是窗明几净,女佣们还要不时用
柔软的白布去擦拭它们。眼下已是暮春,阳光热烘烘地照进
房里,加之院内的花香从窗口浓浓地飘入,根鸟变得贪睡了。
他常常是被秋蔓叫醒的,醒来后,不太好意思,但依然懒洋洋
地躺在床上不肯起来。

　　有时,根鸟也走出大宅到街上或镇外的田野里走一走。

米溪的风情，只能使他变得更加松弛与慵懒。水车在慢悠悠地转着，水牛在草坡上安闲地吃草，几个小女孩在田野上不慌不忙地挖野菜……天上的云彩路过米溪的上空时，都似乎变得懒散起来，飘得非常缓慢。

到处是喝酒的人。米溪的人似乎天性平和，即使喝醉了酒，也还是一副平和的样子。他们只是东倒西歪地走着，或者干脆不声不响地倒在街边或草垛底下睡觉。几乎家家都有喝醉了的人。

米溪是一个让人遗忘，让人溶化的地方。

根鸟整天一副睡眼朦胧的样子。他也很喜欢这副样子。什么也不用去想，只将一直绷紧着的躯体放松开来，让一种使身心都感到疲软的气息笼罩着他。

秋蔓的父亲对秋蔓的母亲说："得让根鸟精神起来才是。"

这天来了理发的，给根鸟理了发。又来了裁缝，给他量了衣服。隔两天，几套新衣做好了，由秋蔓的母亲亲眼看着他穿上。

"你去照照镜子。"秋蔓的母亲笑着说。她看到，根鸟原是一个长得十分英俊的小伙子。

佣人们连忙抬来穿衣镜。

根鸟不好意思去照镜子，脸红红的，像个女孩儿。

秋蔓的母亲笑道："他要一个人照呢。"

众人就都退出了屋子。

起初，根鸟坐在椅子上不动。但过了一会儿，他就走到了镜子跟前。镜子里的形象吓了他一跳：这就是我吗？根鸟长这么大，几乎就没有照过镜子。他对自己的形象的记忆，无非是他坐在河边钓鱼时所看到的水面上的影子。他为自己长得如此帅气，都有点害羞了。那样浓黑的眉，那样有神的双目，那样好看的嘴巴……这一切，又因为一身合体而贵重的衣服，变得更加光彩迷人。根鸟仿佛第一次认识了自己似的，内心充满了激动。他久久地在镜子面前站着，仔细打量着自己。

窗口，在偷看的秋蔓吃吃地笑起来。

根鸟一掉头，见到了秋蔓，不由得满脸通红。

从此，根鸟还真的精神了起来。

根鸟走在杜家大院里或走在米溪的街上，凡是看到他的人，双眼都为之一亮，不由得停住一切动作，朝他凝望。

一开始，根鸟还觉得有点害羞，但过了几天也就不觉得什么了。他大大方方地走着，脑袋微微昂起，颇有点神气。

一日三餐，根鸟已和秋蔓、秋蔓的父母一起用餐。一开始根鸟不肯，无奈秋蔓用那样一双使他无法拒绝的目光看着他，使他只好坐到那张宽大的檀木饭桌前。几天下来，根鸟也就自然起来，与秋蔓他们三口，俨然成为一家人了。

杜府上上下下的人甚至包括米店的雇工，都看出了秋蔓父母的意思，也看出了秋蔓的心思，他们都用善意的、祝福的目光看着根鸟。

根鸟也不再提起离开米溪的事了。

杜家还有一处田产在五十里外的邹庄。这天，秋蔓的父亲将根鸟叫来，对他说："我和你伯母要去邹庄一趟，那边有些事情要处理一下。在我们外出期间，家中、米店、磨坊等方面的事情，你就管一下吧。许多事情，你是需要慢慢学会的。"

在秋蔓的父母外出期间，根鸟心中注满了主人的感觉。他早早起床，将衣服仔细地穿好，吃了早饭，就去河边，看米店、看湾子他们背米。

湾子见了根鸟，笑着说："小老板来了。"

根鸟也笑笑，微微有点羞涩。他看了看船上的米，询问了一些情况，又去看那两座磨坊。

湾子就冲着根鸟的背影："等你当了大老板时，别忘了还让我们来背米。"

根鸟笑笑，但没有回头。

整整一上午，根鸟就在外面转，直到佣人们将中午的饭菜都准备好了，才走回杜家大院。这时，立即有人走上来给他拿脱下的衣服，并端上洗脸的热水来。吃完中午饭，喝一杯佣人泡好的茶，他再次走出大院，直到晚饭准备好了才回来。这样的一天下来之后，根鸟仍然还是很精神。

秋蔓的父母亲回来之后，发现所有一切都如他们在家时一般井井有条，又听了根鸟的对各方面情况的细说，觉得这孩子很能干，心中也就越发喜欢。

秋蔓的父母回来之后，根鸟没有那么多事情可干，就有更多的时间与秋蔓在一起了。秋蔓非常喜欢与根鸟在一起。杜府的佣人们见他们双双出入于杜府，总是微笑着。有一个略比秋蔓大一些的女佣，平素与秋蔓亲如姐妹。这天她在秋蔓的房间里收拾，回头一看秋蔓正在梳妆，就生了一个念头，一撩窗帘，叫道："秋蔓，根鸟来了。"秋蔓一听，就向门外跑。知道是那个女佣骗了她后，她转身回到屋里，与那个女佣笑着打成了一团。

这天下午，根鸟说要去放马，秋蔓说她也要去。根鸟不说什么，由她跟着。

秋蔓的母亲见了要喊秋蔓回来，却被秋蔓的父亲悄悄地制止了。

老夫妻俩就在院子里的石榴树下站着，看着这一对小儿女亲昵地走出大门，心中自有说不出的高兴。

根鸟把马牵到很远的田野上。他让马自己吃草去，然后就和秋蔓一起在田野上玩耍。

已是初夏，田野上到处是浓浓的绿。田埂旁、河坡上，各种野花都在盛夏的骄阳到来之前，尽情地开放着。水边的芦苇，那叶子由薄薄的、淡黄的，而转成厚厚的、深绿的。苦楝树也已长出茂密的叶子，并已开出淡蓝的小花。水田里的稻秧，已开始变得健壮，将本是白白的水映成墨绿色。不远处的树林，已不见稀疏，被绿叶长满了空隙。

根鸟和秋蔓无忧无虑地玩耍着。他们对一切都充满了兴趣：水田边一只绿色青蛙的一跳、池塘里的一团被鱼激起的水花、草丛中一只野兔的狂奔，甚至是小河里一条小青蛇游过时的弯曲形象以及它所留下的水纹，也都能将他们的目光吸引住。他们在这丰富多彩的田野上惊讶着、欢笑着，直到水面上起了一个个水泡泡，才知道天下起雨来了。

"天下雨啦！"秋蔓叫着，朝朦朦胧胧的小镇看了一眼，显出慌张的样子。

根鸟连忙牵了马，领着秋蔓往镇里跑。

没跑多远，雨忽地下大了，粗而密的雨线，有力地倾泻下来，天地间除了一片噼噼啪啪的雨声，就是濛濛的雨烟。一切景物，都在雨烟中模糊或消失了。当风迎面吹来时，雨被刮起，打在脸上火辣辣地痛。

这雨对根鸟来说，是无所谓的，但对一直受着父母百般呵护而很娇气的秋蔓来说，却厉害得要让她哭起来了。

根鸟连忙脱下上衣，让秋蔓顶在头上。

秋蔓双手捏着根鸟的衣服。那衣服被风吹起来，在秋蔓耳边呼啦呼啦地响着，更让秋蔓感到天地间简直要山崩地裂了。但当她看到根鸟赤身走在大雨中，没有丝毫畏惧时，根鸟的衣服下面藏着的那张脸，不由得一阵发热，心里忽然变得不害怕了。

根鸟牵着马,挡在秋蔓的前面。

秋蔓的面前,是根鸟的结实的脊梁。根鸟的脊梁似乎是油光光的,大雨落在上面停不住,立即滚落下来。

跑了一阵,秋蔓不但不害怕,反而觉得在雨地里跑是件让人兴奋的事。她突然大叫了一声,竟然从根鸟的身后跑开去,撒腿在田野上胡乱地疯跑着。

根鸟站在那儿不动,看着她。

马也不惊慌,见有嫩草,也不去管根鸟和秋蔓他们,竟然在雨中安闲地吃起草来。

秋蔓一边跑,一边在雨地里咯咯咯地笑着。

根鸟抹了一把脸上的雨水,朝秋蔓跑去。

秋蔓见根鸟朝她跑过来了,就转过身面对着他,退着走去。见根鸟追上来了,又转过身去,挥舞着根鸟的衣服,一口气冲上一个高高的土坡。站在土坡上,她朝根鸟挥舞着衣服:"上来呀!上来呀!"

根鸟不像秋蔓那么疯,而是很缓慢地爬着坡。

秋蔓仰面朝天,闭着双眼,让雨水洗刷着她娇嫩、妩媚的面孔,根鸟已经站在她身边了,她都未感觉到。

根鸟没有惊动她,就那样赤身站在雨中。

秋蔓终于感觉到根鸟就站在她身边,这才低下头来说道:"那边是我家的一部水车,有一间小屋子,我们到那边躲躲雨吧。"

根鸟点点头。

他们在朝小屋走时,走得很慢,仿佛走在雨地里,是一件千载难逢的愉快的事情。

根鸟有时在雨中悄悄瞥一眼秋蔓,只见她薄薄的一身衣服,这时都紧紧地贴在身上,使她本来就显得细长的身子显得更加细长了。

他们来到那间小屋的屋檐下。当时,雨一点也没有变小,风还变大了。他们紧紧地挨着墙站着,不让檐口流下的雨水打着自己。

"你冷吗?"秋蔓低着头问,并将衣服还给根鸟。

根鸟接过衣服,就抓在手中:"你冷吗?"

秋蔓摇摇头,但身体微微缩起来,并下意识地往根鸟身边靠了靠。

从屋檐口流下的雨水为他们织成一道半透明的雨幕,绿色的田野在雨幕外变得一片朦胧。

有风从秋蔓的一侧吹来,直将雨丝吹弯,纷纷打在秋蔓的身上,她躲闪着,直靠到根鸟的身边。

根鸟的胳膊似乎已经接触到了秋蔓冰凉的胳膊。他慢慢地抻直了身子,胳膊慢慢离开了秋蔓的胳膊。他不敢侧过脸来看秋蔓。他将目光穿过雨幕,去看他的马。

雨下个不停。

他们就那样挨在一起站在屋檐下,谁也不说话。

远远地听到了佣人们的呼唤声。

根鸟要从屋檐下跑出来回答他们,秋蔓扬起脸来看着根鸟,然后羞涩地摇了摇头。

根鸟微微扬着脑袋,闭着双眼。耳边是秋蔓的纯净的呼吸声。

也就是这天夜里,当秋蔓把她的胳膊优美地垂挂在床边,从嘴角流露出甜蜜的微笑时,已久违了的大峡谷,却再一次出现在了已差不多快要忘记一切的根鸟的梦里——与米溪一派暖融融的景象形成鲜明的对照,此刻,大峡谷银妆素裹,大雪在峡谷中如成千上万只蝴蝶一般在飞舞,几只白鹰偶尔盘旋在峡谷中,若不仔细分辨,都很难看出它们来。显然有风,因为地上的积雪不时被吹起,雪粉如烟,能把一切遮蔽。

那株高大的银杏树,已成了一棵庄严肃穆而又寒气森然的玉树。

银杏树的背后,有了一个小棚子。它是由树枝、树叶和草搭就的。那显然是由一双女孩儿的手做成的,因为它显得很秀气,也很好看。它被一层晶莹的白雪覆盖着,使根鸟一时觉得那是天堂里的景色。

根鸟终于看到了紫烟,但只是一个背影。她的衣服似乎早已破损,现在用来遮挡身体的是用一种细草编织的"衣服"。那细草如线,是金棕色的。紫烟显然是一个心灵手巧的女孩儿。她将"衣服"编织得十分合体,且又十分别致。

她在不停地扒开积雪,两只手已冻得鲜红,如煮熟的虾子。当她将一枚鲜红的果子放入嘴中时,根鸟终于明白了:她在艰难地觅食。

她的头发已长过臀部。因此,当她弯腰扒雪时,那头发就垂挂着,在雪地上荡来荡去,将积雪荡出花纹来。本来是乌黑的头发,现在却已变成深金色了。

她扒着雪,不住地寻觅着食物:果子或可吃的植物的根茎。虽然艰难一点,但总还是能寻找到的。

根鸟盼望了很久很久,才终于见到她的正面。那时,她大概是感到腰累了,或者是觉得自己无需再寻找食物了,便直起腰来,向已朝她远远离去的小棚子眺望着。依然还是一副柔弱的面孔,但那双清澈的眼睛中却有了一些坚毅的火花,忧郁的嘴角同时流露出一种刚强,而这一切,似乎是在失望中渐渐生长起来的。白雪的银光映照着这张红扑扑的脸,使那张脸仿佛变成了一轮太阳。

她似乎一下子看见了根鸟，目光里含着责备：你怎么还不来这个峡谷？

根鸟窘极了，内心一下注满了羞愧。

她朝根鸟凄然一笑。那笑是在嘴的四周漾开的：仿佛平静的水面，被投进去一粒小小的石子，水波便一下子如花一般悄然开放了。

他们久久地对望着。渐渐的，她的目光里已无一丝责备，也没有了坚毅，而一如从前，只剩下了忧伤与让人爱怜的神情。

大雪一时停住了。天地间，只有静穆。

站在雪地上的紫烟，显得万分圣洁。

紫烟是美的，凄美。

6

根鸟变得心事重重的，谁也无法使他高兴起来。大峡谷后来没有再在他梦里出现，但却在他的想象里一而再、再而三地出现。他的心不得安宁。米溪的一切都是让人舒适的，但根鸟在接受这一切时，已显得麻木了。他不管杜家人怎么劝说，硬是脱了那些漂亮的衣服，又去船上背米。他比以往更加卖力。他只想自己能够累得什么也不再去想它。然而没有用，一个一直纠缠着的心思在复活以后，更加有力地纠缠着他。

秋蔓总是千方百计地去逗引他。她只想让他高兴。知道自己无法做到之后，她将根鸟要去大峡谷的事情告诉了父母。

父母听罢,倒也没有笑话根鸟,只是叹息:"这孩子,脑子里总有一些怪念头。"

夏天过去了,秋天到来了。米溪的秋天,凉爽宜人,四周的庄稼地一片金黄,等待着农人的收割。所有的人,脸上都喜孜孜的。米溪的酒馆,生意更加红火。一切都表明,杜家也遇上了一个好年景,上上下下的人,乐在心里,喜在眉梢。

但根鸟却在街头飘零的梧桐树叶里,在显然减少了热度的秋日里,在晚间墙根下的秋虫的鸣唱里,感觉到了秋天的萧瑟与悲凉。

他又做了一个梦——梦见的不是紫烟,而是父亲。自从父亲去世之后,他就从未在根鸟的梦中出现过——

父亲站在荒凉的野地上,大风吹得他摇晃不定。他的脸上满是不悦。他望着根鸟:"你还滞留在这里?"

根鸟无言以答。

"你这孩子,心最容易迷乱!"

根鸟想争辩,但就是说不出话来。

父亲愤怒了,一步走上来,扬起巴掌,重重地打在他的嘴巴上:"你昏了头了!"

根鸟只觉得两眼发黑,向后倒去,最后扑通跌倒在地。

根鸟知道这是个梦,但在大汗淋漓中醒来时,却发现自己真的躺在地上。他摸了摸地,又摸了摸墙,再摸了摸床边,证实了自己确实是躺在地上后,心里感到纳闷而恐慌,不由得又出了一身冷汗,头脑忽然变得无比清晰。

窗外,月亮正在西去。秋虫在树根下,银铃一样鸣唱。

根鸟从地上爬起来,点亮了蜡烛,打开了自从进入杜家以后就再也没开过的行囊,找到了那根布条。那布条已显得很旧了,那上面的字也有点模糊了,但在根鸟看来,却一个字一个字都很触目惊心,耳边犹如听见了强烈的呼唤声。

根鸟再无睡意。他爬上床,抓着这根布条,倚在床头上,直到天亮。他没有在往常的时间打开门来,而是将门继续关住。他开始一样一样地收拾东西,将自己该带走的东西一样一样地归拢在一处,而将自己不该带走的东西又一样一样归拢在另一处。当一切都已收拾明白了,他才穿着那天夜里走进米溪时穿的那身衣服,打开门走出来。

根鸟问女佣:"见到秋蔓了吗?"

女佣告诉他:"秋蔓一早上就守在你的房门口,见你迟迟不起来,才拿着你给她的风筝,到后边田野上去了。"

根鸟点了点头,就走出镇子,朝田野上走去。

秋蔓看见了根鸟,就抓着风筝线朝根鸟跑过来,那风筝就越飞越高。

根鸟与秋蔓放了一回风筝,终于说道:"我要走了。"

秋蔓的手一软,风筝线从手中滑脱,随即风筝飘飘忽忽地向大河上飞去,最后落到了水中。

秋蔓掉头往家走去。

根鸟就跟在她身后。

秋蔓站住了,根鸟看到了她的肩头在颤动着。她突然跑起来,但没跑几步,又泪水涟涟地掉过头来,大声说:"你怎么这样傻呀?你怎么这样傻呀……"再掉过头去后,头也不回地直跑进镇里。

秋蔓跑回家,见了母亲,就伏在她肩上,一个劲地呜咽、抽泣。

母亲不知道如何安慰她,只是用手拍打着她的后背。

父亲坐在椅子上说:"那孩子不是我们能留得住的,让他去吧。"随即吩咐管家,让他给根鸟带上足够多的钱和旅途上所需的东西。

第二天一早，整个杜家大院还未有人醒来时，根鸟就轻手轻脚地起床了。他在秋蔓房前的窗口下停了停。他以为秋蔓还在睡梦中，而实际上秋蔓似乎知道他要一早走，早已撩开窗帘的一角，看着外边的动静。当她看见根鸟走过来时，才将窗帘放下。而当她过了一阵，再掀起窗帘时，窗下已空无一人。她便只能将泪眼靠在窗子上，毫无希望地朝还在朦胧里的大院看着。

根鸟骑着马离开了恬静的米溪。除了带上他应得的工钱与他的行囊外，他将杜府的一切馈赠一样一样地留了下来。

马蹄声走过米溪早晨的街道，声音是清脆而幽远的。

第五章 莺 店

1

　　根鸟走出米溪之后，心中时常惦记着米溪。

　　西行三日，这一天，根鸟见到了草原。

　　根鸟的眼前又空大起来。米溪的实在、细腻而又温馨的日子，已使他不太习惯这种空大了。他走过荒漠，曾在那无边的空大中感受到过寂寞和孤独。那时，他也许是痛苦的。但在痛苦之中，他总有一种悲壮的感觉，那种感觉甚至都能使他自己感动。然而现在，就只剩下了寂寞与孤独，而怎么也不能产生悲壮感。荒漠上，他愿意去忍受寂寞与孤独，而现在，他却是有点厌恶这种寂寞与孤独——他从内心拒绝它们。米溪留给他的印象太深刻了。米溪给他后面仍然还很漫长的旅程，留下了惰性的种子。

　　根鸟已无法摆脱米溪，一路上，他总是在怀恋着米溪。米溪无时无刻不在对照着一个已截然不同的新处境。而这种对照,扰乱着他的心,损坏着他西去的意志。尽管新的事物,总在他眼前出现,但却已无法引起他的兴趣。

秋天的草原,是金色的。草原无边无际,在阳光下变幻着颜色:随着厚薄不一的云彩的遮挡以及云彩的飘散,草原或是淡金色的,或是深金色的,又或是金红色的,有时,甚至还是黑色的。而当云彩的遮挡不完全时,草原在同一时间里,会一抹一抹地呈现出许多种颜色。草原有时是平坦的,一望无际,直到无限深远的天边。有时,却又是起伏不平的:这里是低洼,但往前不远就是高地,而高地那边又是很大一片洼地,草原展现着十分优美的曲线。因地势的不同,在同样的太阳下,草原的颜色却是多种的。

草原上的河流是弯曲的,像一条巨蟒,藏在草丛中。

根鸟本应骑在马上,沐浴着草原的金风,在碧蓝的天空下唱支歌,但他无动于衷——米溪已将他的魂迷住了。

有时会有羊群出现在河畔、洼地、高地、坡上。草原的草长得很高,风吹过时,将它们压弯了腰,羊群才能清晰地显露出来,而在风很细弱时,走动在草丛里的羊群,则时隐时现,仿佛是树叶间漏下的月光。

马群也有,但更多的时候,只是出现三两匹马。那是牧人用来放羊的。那马都漂亮得很。

在草原的深处,有人在唱歌。歌声很奇妙,仿佛长了翅膀,在草原上飞翔,或贴着草尖,或越过高地,或直飞天空。歌声苍凉而动听,直唱得人心里颤悠悠的。

然而,根鸟既不大去注意羊群与马,也不大去注意这歌声。他骑在马上,一副萎靡不振的样子。

天黑时,根鸟来到一座叫莺店的小城。

根鸟无心观看这座小城,在一家小饭馆里简单地吃了些东西之后，牵着马，找了一处可避风的地方，放开铺盖卷睡觉了。

小城四周都是空旷的草原，因此，小城的夜晚气温很低。根鸟觉得脑门凉丝丝的，一时难以入睡。他索性睁开眼睛来望着天空。这里的天空蓝得出奇，蓝得人心慌慌的，让人感到不踏实。他钻在薄被里，整个身心都感到了一种难以接受的阴凉。他披紧被子，但仍然无济于事。他觉得有一股细溜溜的风，在他的脑袋周围环绕着。这风仿佛是一颗小小的生灵，在他的脑袋周围舔着小小的、冰凉的舌头。它甚至要钻进根鸟的被窝里去。根鸟对它简直无可奈何。

在米溪沉浸了数日的根鸟，变得脆弱了。

根鸟终于无法忍受这凄冷的露宿，而抖抖索索地穿起衣服，重新捆好铺盖卷。一切收拾清楚之后，他牵着马，朝客店走去。不远处，一家客店的灯笼在风中温暖地晃动。它使根鸟又想起了米溪的杜家大院：此刻，杜家大院门口的那两盏灯笼一定也是亮着的——那是一个多么温暖的人家！

根鸟将马拴在客店门前的树上，走进了客店。

当他身子软绵绵地躺在舒适的床上时，他在心中想：要是永远这样躺着，那该多好！

他将一只胳膊放在脑后枕着，两眼望着天窗。他看见了月亮。那月亮弯弯的，像弯曲的细眉。不觉中，根鸟想起了米溪，想起了秋蔓。他甚至又听到了秋蔓甜润的声音。当那枚月亮终于从天窗口滑过，而只剩下蓝黑色的天空时，根鸟怀疑起来：我真的有必要离开米溪吗？

根鸟人虽走出了米溪，但魂却至少有一半留在了米溪。

根鸟醒来时，已快中午了。但他不想起来。他有点万念俱灰的样子，心里一片空白，目光呆滞地望着房顶。他发现自己已没有再向前走的欲望了。感觉到这一点，他心中不免有点发慌。

根鸟起床后，懒洋洋地骑在马上，在莺店的街上溜达着。

这似乎是一个糜烂的城市。男的，女的，那一双双充满野性的眼睛里，驻着欲望。酒楼上，深巷里，不时传来笑声。这种笑声总使根鸟感到心惊肉跳。他想找到一处清静的地方，但无法找到。这里的大街小芭，到处都散发着那种气息。这里居然有那么多的赌场。赌徒们的叫嚷声，冲出窗外，在大街上回响着。

但，根鸟就是没有离开莺店的心思。

根鸟感到了无聊——他从未感到过无聊。感觉到无聊之后，他就觉得这个世界上的一切，都是无趣的，没有味道的。他回到客店，又睡下了，直睡到天黑。

根鸟去了一家酒馆。他有了喝酒的欲望。他要了一壶酒，要了几碟菜，坐在角落里的一张桌子旁边，自斟自酌地喝着。他觉得他长大了，已是一个汉子了。酒越喝得多，他就越这样感觉，而越这样感觉，他就越喝得多。

后来，他趴在桌上睡着了。

被酒店的人推醒后，他摇摇晃晃地骑在马背上，任由马按自己的心思在这座小城里到处乱走着。

前面是一家戏园子。

根鸟让马快走几步，赶了过去。到了戏园子门口，他翻身下马，然后将马拴在树上，走上了戏园子门口的台阶。

里头早已开始吹拉弹唱，声音依稀传到根鸟耳朵里，不禁勾起了他看戏的欲望。他从小就是个戏迷。在菊坡时，只要听说哪儿演戏，即使是翻山越岭，也还是要去的。他自己又会演戏，因此他会听会看，能听得看得满眼泪水，或者咧开大嘴乐,让嘴角流出一串一串口水来。此刻,深陷无聊的根鸟,心中看戏的愿望空前地强烈。他往台阶上吐了一口唾沫,敲响了戏园子的大门。

门打开一道缝,探出一张戴老花眼镜的老脸来。

"还有座吗?"

"有的。"

根鸟闪进门里,付了钱,弯腰找了一个座位坐下了。

根鸟的第一个感觉就是舒适。从前看戏,都是在露天地里,而现在却是在一栋高大宽敞的屋子里。从前看戏,若是在冬季里,就要冒着严寒。根鸟记得,有好几次竟然是在雪花飘飘中看的,冻得缩成一团还直打哆嗦。而现在屋子里升着红红的火,暖洋洋的。那些看戏的都脱了棉衣,只穿着坎肩,还被暖和得满脸通红。

有人给根鸟递上热毛巾并端上茶来。

根鸟对这种享受一时手足无措,拿过毛巾来在脸上胡乱地擦了擦,而端起茶杯来时,竟将茶水泼洒得到处都是,有几滴还洒在旁边一个人的身上,惹得那人有点不高兴,微微皱了一下眉头。再看那些人,接过热毛巾来,慢条斯理地擦着手,擦着脸,还擦着头发,真是好潇洒。擦完了,一边用眼睛依然看着戏,一边将毛巾交还给伙计。茶杯是稳稳地端着,茶是慢慢地喝着。他们使根鸟觉得,那茶水通过喉咙流进肚里时,一路上是有让人说不出来的好感觉的。

这是一座很懂得享乐的小城。

根鸟慢慢地自然起来,也慢慢地沉浸到看戏的乐趣中。

这显然是一个档次不低的戏班子。那戏一出一出的,都很禁看。或喜或悲,或庄或谐,都能令那些看客们倾倒。一些老看客,或跟着台上的唱腔摇头晃脑,或用手指轻轻弹击桌面,跟着低声哼唱。台上唱到高潮或绝妙处,他们就会情不自禁地喊一声"好",或不遗余力地鼓掌。

根鸟沉湎于其中,暂且忘了一切。

比起那些老看客们来,根鸟也就算不得会看戏了。他不时地冒傻气,冷不丁地独自一人大喊一声"好",弄得那些看客们面面相觑,觉得莫名其妙。根鸟却浑然不觉,依然按他自己的趣味、欣赏力去看,去理解,去动情,去激动和兴奋。

根鸟已经很久没有这样投入过了。

戏演了大半时,根鸟看到后台口有一个化了妆的女孩儿闪现了一下。就是这一短暂的闪现,却使根鸟一时间不能聚精会神地看戏了。那女孩儿的妩媚一笑,总是在干扰着他去看,去听。

根鸟身旁的一个看客在问另一个看客:"刚才在后台口露面的,是不是那个叫金枝的女孩儿?"

"就是她。"

根鸟就在心里记住了她的名字。他一边看戏,一边就等待着她出场。正演着的戏,其实也是不错的,但根鸟就不如先前那么投入了。

金枝终于上场了。

还未等到她开腔,台下的人就一个一个眼睛亮了起来。

金枝是踩着碎步走上台来的。那双脚因为是藏在长长的纱裙里的,在人的感觉里,她是在风中轻盈地飘上台来的。

她在荡来荡去,面孔却藏在宽大的袖子后边,竟一时不肯露出,一副羞答答的样子。

随着琴声,那衣袖终于悠悠挪开,刹那间,她的脸便如一朵稚嫩的带着露珠的鲜花开放在众人的视野里,随即获得满堂喝彩。

这是一出苦戏 。金枝年纪虽小,却将这出苦戏演得淋漓尽致。她的唱腔并不洪亮,相反倒显得有点细弱。她以忧伤的言辞向人们倾诉着一个美丽而凄怆的故事。她的脸上没有夸张的表情,唱腔也无大肆渲染。她淡淡地、舒缓地唱着,戏全在那一双杏核儿样的眼睛里。微微皱起的双眉,黑黑眼珠的转动与流盼,加上眼眶中的浅浅的泪水,让全场人无不为之心动。那一时还抹不去的童音,让人不由得对她万分地怜爱。那些老人,听到后来,竟分不出她和角色了,直将她看成是一个悲苦的小姑娘,对她抱了无限的同情。

　　根鸟完全陷入了金枝所营造的气氛里而不能自拔。他觉得金枝所诉的苦就是他在心中埋藏了多日的苦。他将金枝的唱词一字一字地都吃进心里,并在心里品咂着一种酸溜溜的滋味。

　　那戏里正在说有一个无家可归的小女孩这一天走在荒无人烟的雪原上。那女孩环顾四周,竟无一个人影,不由得站在一棵大树下哭泣起来。那唱词写得真好。再由金枝将它们轻柔而又动情地唱出来,使所有在座的人在心里都觉得凄凉。他们似乎又是喜欢这种感觉的,因此都用感激与喜爱的目光看着金枝。

　　根鸟觉得金枝分明就是唱的他自己,眼泪早蒙住了双眼。

　　金枝的歌声如同秋风在水面上吹过,在清清的水面上留下了一圈一圈感伤的波纹。

　　或是根鸟痴痴迷迷的神情吸引了金枝,或是根鸟的一个用衣袖横擦鼻涕的可笑动作引起了金枝的注意,她竟在唱着时,一时走神,看了根鸟一眼。

　　根鸟透过泪幕,也看到了金枝向他投过来的目光。他在心里就起了一阵淡淡的羞愧。

金枝演完了她的戏，含羞地朝台下的人微微一鞠躬，往后台退去。而在这一过程中，她又似乎不经意地看了根鸟一眼。

下面的戏，根鸟就不大看得进去了。

台下的人在议论："那小姑娘的扮相真好。""怕是以后的名角儿。"

根鸟的眼前就总是金枝演戏的样子。

戏全部结束后，根鸟踮起双脚，仰起脖子，希望金枝能够再出现在台上，但金枝却再也没有走出来。

根鸟最后一个走出戏园子之后，并没有立即走开。他站在不远处的阴影里，守望着戏园子的大门。他想再看到金枝。

收拾完行头，装好锣鼓家什，戏班子的人说笑着走出门来。

根鸟终于看到了走在稍微靠后的金枝。

金枝却没有看到他，随着几个女孩儿，从他的眼前走了过去。

根鸟反正无所事事，就跟在戏班子的后边。

稀稀拉拉的一队人，拐进了一条小巷。走在后头的金枝不知为什么，走着走着，忽然向后看了一眼，便看到了根鸟。她朝根鸟微微一笑，掉过头去，与姐妹们一起朝前走去。

根鸟站住了。他犹豫着，不知道是不是还要跟着走。

前面的说笑声越来越小。

根鸟又跟了上去。他也说不清楚自己为什么要跟在后边。

走出小巷，又来到了一条路灯明亮的街上。

根鸟让自己站在黑幽幽的小巷里，等他们走远了一些，才又跟了上去。

金枝似乎完全淡忘了根鸟，一直就没有再回头。

戏班子的人来到了一家客店的门口。

女店主走了出来："戏演完啦？"

"演完啦。"

根鸟看着他们一个个都走进客店的门之后，又站了一会儿，忽然想起自己的马还拴在戏园子门前的树上，这才掉转头往回跑去。

2

第二天，根鸟来到这家客店门口。他在外面徘徊了很久，也没有见到金枝。他只好空落落地离开了这家客店，在街上心不在焉地闲逛着。

有一阵，他有一种强烈的愿望，想回米溪。

在街上又晃荡了半天，他走进了一家赌场。

虽然现在是白天，但小黑屋里却因为太暗，而在屋梁上吊着四盏灯。屋里乌烟瘴气。一群赌徒将一张桌子紧紧围住。他们在玩骰子。桌上放了一只碗，碗的四周押了许多钱。操骰子的那一位，满脸油光光的，眼珠子亮亮的，不免让人心中发怵。他将骰子从碗中抓出，然后使劲攥在手心里。他看了看碗四周的钱："还有谁押？还有谁押？"然后噗地一下往攥骰子的那只手上吹了一吹，将手放到碗的上面，猛地一张开，只听那三颗骰子在碗里，像猴儿一般跳动起来。所有的眼睛都瞪得溜圆，眼皮眨也不眨地盯着那三颗骰子。三颗骰子终于都在碗里定住，那操骰子的，大叫一声："啊！"随即，伸出胳膊，将桌上的钱统统地拢到了自己的面前。

根鸟站在一张凳子上看着，直看得心扑通扑通乱跳。他感觉到,那些人也是这样心跳的。他仿佛听到了一屋子的扑通扑通的心跳声。

一颗颗脑袋,都汗淋淋的,像雨地里的南瓜。

一双双无毛的、有毛的、细长的、粗短的、年轻的、衰老的手,无论是处在安静状态还是处于不能自已的状态,透露出来的却都是贪婪、焦灼与不安。那些面孔,一会儿掠过失望,一会儿又掠过狂喜。喘息声、叹息声和情不自禁的狂叫声,使人备觉欲海的疯狂。

钱在桌上来来去去地闪动着。它们仿佛是一群无主的狗,一会儿属于他,一会儿又属于你。它们在可怜地被人蹂躏着。

一个八九岁的光头男孩,拖着鼻涕挤进赌徒们的中间,直到将身子贴到桌边。因为他太矮,因此,看上去他的下巴几乎是放在桌面上的。他的两只奇特的眼睛,像两只小轮子一般,在骨碌骨碌地转动着。过了一会儿,他将一只脏兮兮的手伸进怀里,掏出几个小钱来。他没有打算要立即干什么,只是把钱紧紧地攥在手中,依然两眼骨碌骨碌地看着。

根鸟一直注意着这个光头男孩。

光头男孩似乎感觉到了有人在注意他,就掉过头来看了根鸟一眼。然后,他又把心思全部收回到赌桌上。

骰子在碗里跳动着,跳动着……

光头男孩伸出狗一样的舌头,在嘴唇上舔了舔,终于将他的小钱放在一堆大钱的后边。那是一个瘦子的钱。那前面的钱堆得像座小山,相比之后,他的几个小钱就显得太寒伧了。光头男孩有点不好意思。

骰子再一次在碗中落定。

光头男孩竟然连连得手。

掷骰子的那个人瞪了光头男孩一眼:"一个小屁孩子,还尽赢!"

光头男孩长大了,准是个亡命徒。他才不管掷骰子的那个人乐意不乐意,竟然将所有的钱一把从怀中抓出,全都押在瘦子的钱后边。

掷骰子的那个人说:"你想好了!"

光头男孩显得像一个久战赌场的赌徒。他将细如麻秆的胳膊支在桌子上,撑住尖尖的下巴,朝掷骰子的那个人翻了一下眼皮:"你掷吧!"意思是说:哪来的这么多废话!

骰子在那人握空的拳头里互相撞击着。那人一边摇着拳头,一边用眼睛挨个地审视着每个人的脸,直到那些人都感到不耐烦了,才一声吼叫,然后如突然打开困兽的笼门一般,将手一松。那三枚骰子凶猛地跳到了碗里……

根鸟只听见骰子在碗中蹦跳的声响,却并不能看到它们蹦跳的样子,因为那些赌徒的脑袋全都挤到了碗的上方,把碗笼罩住了。

脑袋终于又分离开来。

根鸟看见,那个掷骰子的人,很恼火地将一些钱摔在光头男孩的面前。

光头男孩不管,只知道喜孜孜地用双手将钱划拉过来,拢在怀里。

"小尾——"

门外有人叫。

"你妈在叫你。"掷骰子的那个人说。

叫小尾的孩子不想离开。

"小尾——"喊叫声过来了。

"走吧!"掷骰子的那个人指着门外,"呆会儿,你妈见着了,又说我们带坏了你。"

小尾这才将钱塞进怀里,钻出人群,跑出门去。

小尾走后,根鸟的眼睛就老盯着瘦子的那堆钱后边的空地方。他觉得那地方是个好地方。果然,瘦子又赢了好几把。根鸟的手伸进怀里——怀里有钱。当瘦子又大赢了一把之后,他跳下板凳,将钱从人缝里递上去,放在瘦子的那堆钱后边。

根鸟的手伸到桌面上来时,赌徒们都将视线转过来看这只陌生的手。他们没有阻止他。这是赌场的规矩:谁都可以押钱。

骰子脱手而出,飞到了碗里……

根鸟还真赢了。这是根鸟平生第一回赌博。当他看到掷骰子的将与他的赌注同样多的钱摔过来时,他一方面感到有点歉意,一方面又兴奋得双手发抖。他停了两回之后,到底又憋不住地参加了进来。他当时的感觉像在冬季里走刚刚结冰的河,对冰的结实程度没有把握,心里却又满是走过去的欲望,就将脚一寸一寸地向前挪,当听到咔嚓的冰裂声时,既感到害怕又感到刺激。他就这样战战兢兢地投入了进去。

根鸟居然赢了不少钱。

他用赢来的钱,又喝了酒,并且又喝醉了。

从米溪走出的根鸟,在想到自己从看到白鹰脚上的布条起,已有好几年的光景就这样白白地过去了之后,从内心深处涌出了堕落的欲望。

根鸟被风吹醒后,去做的第一件事就是去客店收拾了自己的行囊,然后骑着白马,来到了戏班子住的客店。

女店主迎了出来。

"还有房间吗?"根鸟问。

"有。"

根鸟就在金枝他们住的客店住下了。

傍晚，根鸟照料完白马，往楼上的房间走去时，在楼梯上碰到了正要往楼下走的金枝。两人的目光相遇在空中，各自都在心中微微颤动了一下。

根鸟闪在一边。金枝低着头从他身边经过时，他闻到了一股秀发的气味，脸不禁红了起来。

金枝走下楼梯后，又掉过头来朝根鸟看了一眼。那目光是媚人的。那不是一般女孩儿的目光。根鸟还从未见到过这样的目光。根鸟有点慌张，赶紧走进自己的房间。

金枝觉得根鸟很好玩，低头暗自笑了笑，走出门去。

晚上，根鸟早早来到戏园子，付了钱，在较靠前的座位上坐下了。

轮到金枝上台时，根鸟就目不转睛地看着她表演。他看她的水漫过来一样的脚步，看她的开放在空中的兰花指儿，看她的韵味无穷的眼神，看她的飘飘欲飞的长裙……那时候，除了这一方小小的舞台，一切都不存在了。

金枝迷倒了正百无聊赖的根鸟。

金枝上台不久，就看到了根鸟。她不时地瞟一眼根鸟，演得更有风采。

从此，根鸟流连于莺店，一住就是许多日子。晚上，他天天去泡戏园子，如痴如迷地看金枝的演出。那些阔人往台上扔钱，他竟然不想想自己一共才有多少钱，也学他们的样子，大方得很。若是有一天晚上他没有去戏园子，这一晚他就不知如何打发了。白天，他也想能常看到金枝，但金枝似乎天性孤独，总是一人呆在屋里，很少露面。这样，他就把白天的全部时光，都泡在赌场里。对于赌博，他似乎有天生的灵性。他在赌场时，就觉得有神灵在他背后支使着他——真是鬼使神差。他不知道怎么就在那儿下赌注了，也不知道怎么就先住了手。他心里并不清楚他自己为什么会作出那些选择。那些选择，总是让他赢钱，或者说总是让他免于输钱，但同样都无道理。他用这些钱去喝酒，去交客店的房费。莺店的赌徒们都有点不太乐意他出现在赌场，但莺店的人又无话可说。赌徒们必须讲赌博的规矩。

根鸟的酒量越喝越大。他以前从不曾想到过。他在喝酒方面，也有天生的欲望与能耐。酒是奇妙的，它能使根鸟变得糊涂，变得亢奋，从而就不再觉得无聊与孤独。不久，他就有了酒友。那是他在赌场认识的。根鸟喜欢莺店的人喝酒的方式与样子。莺店的人喝酒比起米溪的人喝酒来，更像喝酒。莺店的人喝酒——痛快！他们喝得猛，喝得不留一点余地，喝得热泪盈眶，喝得又哭又唱，还有大打出手的，甚至动刀子的。根鸟原是一个怯弱的人，但在莺店，他找到了野气。他学会草原人的豪爽了。他觉得那种气概，使他变得更像个成熟的男人了。在酒桌上，他力图要表现出比他的实际年龄要大得多的气派与做法。他故意沙哑着喉咙，"哥们儿哥们儿"地叫着，甚至学会了用脏话骂人。

莺店的人，差不多都认识了这个不知从何处流落到这里的"小酒鬼"。

小酒鬼最得意时，会骑着他的白马，在小城的街上狂跑。马蹄叩着路面，如敲鼓点。他在马背上嗷嗷地叫着，吸引得街两侧的人都纷纷拥到街边来观望。

这天，他喝了酒，骑着马又在街上狂跑时，正好被上街买东西的金枝看到了。当时，金枝正在街上走，就听见马蹄声滚滚而来，还未等她反应过来，那马就已经呼啦冲过来了。她差一点躲闪不及被马撞着。

根鸟掉转马头，跑过来，醉眼蒙眬地看着金枝。

金枝惊魂未定，将手指咬在嘴中，呆呆地看着他。

他朝金枝痴痴地一笑，用力一拍马的脖子，将身子伏在马背上，旋风一般地向街的尽头跑去。

3

不知为什么，根鸟开始有点害怕金枝的目光了。他一见到这种目光，就会面赤耳热，就会手足无措。

但金枝却渐渐胆大起来。她越来越喜欢把黑黑的眼珠儿转到眼角上来看根鸟，并用一排又白又匀细的牙咬住薄薄的嘴唇。她甚至喜欢看到根鸟的窘样。

夜里，根鸟躺在床上时，有时也会想到金枝：她的那对让人心慌意乱的眼睛，她的那两片永远那么红润的嘴唇，她的那两只细软的长臂，她的如柳丝一般柔韧的腰肢……每逢这时，根鸟就会感到浑身燥热，血管一根根都似乎在发涨。他就赶紧让自己不要去想她。

但，根鸟自从头一次见到金枝时，就隐隐地觉得她挺可怜的。

他无缘无故地觉得，金枝的目光深处藏着悲伤。

这天晚上，金枝在别人演出时，穿着戏装坐在后台的椅子上睡着了。此时，靠着她的火盆里，木柴烧得正旺。不知是谁将后台的门打开了，一股风吹进来，撩起她身上的长裙，直飘到火上。那长裙是用上等的绸料做成的，又轻又薄，一碰到火，立即被燎着了，转眼间就烧掉了一大片。

一个男演员正巧从台上下来，一眼看到了金枝长裙上的火，不禁大叫一声："火!"随即扑过去，顺手端过一盆洗脸水，泼浇到金枝的长裙上。

睡梦中的金枝被惊醒时，火已经被水泼灭了。

那个人的喊声惊动了所有的人。第一个跑到后台的是班主。他一句话也没说，只是冷冷地站在那儿看着。

金枝看到了那双目光，站在墙角里浑身打着哆嗦。

不知什么时候，班主走掉了。

金枝小声地哭起来。两个比她大的女孩儿过来，一边帮她脱掉被烧坏的长裙，一边催促她："快点另换一件裙子，马上就该你上场了。"

金枝是在提心吊胆的状态中扮演着角色的。她的脚步有点混乱，声音有点发颤。若不是化了妆，她的脸色一定是苍白的。

台下的根鸟看出，金枝正在惊吓之中。散场后，他就守在门口。戏班子的人出来后，他就默默地跟在后边。他从女孩儿们对金枝安慰的话语里知道了一切。

那个班主甩开戏班子，独自一人，已经走远了。

根鸟无法插入。他甚至连一句安慰的话也不好对金枝说，心里除了着急之外，还不免有点怅然。他见有那么多人簇拥着金枝，便掉转头去了酒馆。

夜里，根鸟喝得醉醺醺的，摇摇晃晃地回到了客店。上楼梯时，他就隐隐约约地听到金枝的房间里有低低的呻吟声。越是走近，这种呻吟声就越清晰。她好像在一下一下地挨着鞭挞。那呻吟声一声比一声地凄厉起来。呻吟声里，似乎已含了哭泣与求饶。但，那个鞭挞她的人，却似乎没有丝毫的怜悯之心，反而越来越狠心地鞭挞她了。

根鸟听着这种揪人心肺的呻吟声,酒先醒了大半。他茫然地在过道上站了一阵之后,"吃通吃通"地跑到楼下,敲响了女店主的门。

　　女店主披着衣服打开门来:"有什么事吗?"

　　根鸟一指楼上:"有人在欺负金枝。"

　　女店主叹息了一声:"我也没有办法。她是那班主在她八岁时买来的,他要打她,就能打她,谁也不好阻拦的。再说了,那件戏装也实在是件贵重的物品,班主打她,也不是没有道理的。"

　　"她在叫唤! 你就去劝劝那个班主吧。"

　　"哼,那个人可不是谁都能劝阻得了的。"女店主一边说,一边关上门,"你就别管了。"

　　根鸟只好又"吃通吃通"地跑上楼来。

　　金枝确确实实在哭泣。那呻吟声低了,但那是因为她已无力呻吟了。

　　根鸟听到了鞭子在空中抽过时发出的声音。当金枝再一次发出尖厉的叫声时,他不顾一切地用肩膀撞着门,并愤怒地高叫:"不准打她!"

　　根鸟的叫声,惊动了许多房客,他们打开门,探出脑袋来看着。

　　"不准打她!"根鸟一次又一次地撞击着门。

　　房门打开了,烛光里站着满脸凶气的班主。

　　"不准打她!"根鸟满脸发涨,气急败坏地喊叫着。

　　班主冷笑了一声:"知道我为什么打她吗?"

　　"不就是为了一件破戏装吗?"

　　"嗬! 你倒说得轻巧。你来赔呀?"

　　根鸟气喘吁吁,一句话说不出来。

"你赔得起吗?"

"我赔得起。"

班主蔑视地一笑:"把你的钱拿出来让我们见识见识。"

根鸟不说话。

"这里没你的事,一边去!"

根鸟戳在门口,就是不走。

班主上下审视着根鸟,然后说:"你不过也就是个小流浪汉,倒想救人,可又没那个本钱!"他不再理会根鸟,抓着鞭子,又朝正在啜泣的金枝走去。

根鸟透过幔子,看到金枝耸着瘦削的双肩在哆嗦着。他一把从腰上摘下钱袋,高高地举在手中,叫着:"我赔,我现在就赔!"

班主半天才回过头来。

根鸟从钱袋里抓出一大把钱来,往地上一扔:"这么多,总够了吧?"

那个班主不过也就是个小人,一边尴尬地笑着,一边从地上将那些钱一分不落地捡起来,全都揣进怀里。然后,他冲着金枝说:"算你今天运气!"说罢,扬长而去。

幔子的那一边,金枝的身影还在微微地颤抖着。

那幔子很薄,浅绿色的底子上印着小小的黄花。在烛光的映照下,那些小黄花便好像在活生生地开放着。

过了一会儿,金枝撩开幔子,露出她的脸来。她感激地望着根鸟。

根鸟打算走回自己的房间时,从金枝的眼神里听出一句:你不进来坐一会吗?

根鸟犹豫着,又见金枝用眼神在召唤他:进来吧。

根鸟走进了屋子。

金枝说:"外面风冷。"

根鸟就将门关上了。

金枝回头往里边看了一眼:"到里边来吧。"

根鸟摇了摇头。

"里面有椅子。"

"我就站在外面。"

金枝将椅子搬到了幔子的这边。

根鸟等金枝重新回到幔子那一边之后,才在椅子上坐下。

"这间屋子就你一个人住吗?"

"本来有一个姐姐和我一起住的,后来她生病了。不久前,她回老家去了。暂且就我一个人住着。"

根鸟干巴巴地坐在椅子上,不知道说什么。

"以后不要再去看我的戏了。"

"……"

"你不能把钱全花在那儿。"

"……"

"你从哪儿来?"

"菊坡。"

"菊坡在哪儿?"

"很远很远。"

"你去哪儿?"

根鸟不愿道出实情,含糊地说:"我也不知去哪儿。"

"早点离开莺店吧。莺店不是好地方。"

"你家在哪儿?"

"我不知道。"

烛光静静地亮着。

"你多大了?"金枝问。

"快十八了。"

"可你看上去,还像个孩子。"

"你也是。"根鸟笑了。

金枝也笑了:"人家本来就才十六岁。"

金枝在幔子那一边的另一张椅子上也坐下了。

他们东一句西一句地说着话。根鸟自然说到了大峡谷。金枝很认真地听着,听完了,自然要笑话他。根鸟吃惊地发现,他忽然变得无所谓了,还跟着金枝一起笑——笑自己,仿佛自己就是个该让人笑的大傻瓜。金枝就向根鸟讲她小时候的事:她的老家那边到处都是河,她七岁时就能游过大河了,母亲说女孩子家不好光着身子让男孩看见的,可她就是不听妈妈的话,还是尽往水里去——光着身子往水里去……她最喜欢做的一件事就是坐在风车的车杠上,让风车带着她转圈圈。有一回风特别大,风车转得让她头发晕,最后竟然栽倒在地上,差点磕掉一颗门牙……

两个人都觉得寂寞,各坐在幔子的一边,唧唧咕咕地一直谈到后半夜。这时金枝打了一个哈欠,要从椅子上起来,但哎哟呻吟了一声,又在椅子上坐下了。

根鸟将脑袋微微伸进幔子里:"很疼吗?"

金枝将手伸进衣服,朝后背小心翼翼地抚摸而去。过不一会儿,她低声哭泣起来。

"伤得重吗?"

金枝站起来,默默地将上身的衣服一件一件地脱掉。然后她将双臂支撑在椅子上,将后背冲着根鸟:"你看吧。"

根鸟十分慌张。他瞥了一眼,赶紧低下了头。这是他第一回见到女孩儿的身子。

金枝的眼泪,一滴一滴地落在椅面上,发出扑嗒扑嗒的声音。

　　根鸟慢慢地抬起头来。他看到一个瘦长的脊背。那脊背上有一道道暗红的鞭痕。那鞭痕因为脊椎的一条细沟，而常被断开。

　　"好几道吧？"

　　"嗯。"

　　金枝自己可怜起自己来，竟然哭出了声。

　　根鸟无意中看到了烛光从侧面照来时金枝映照在墙上的影子：由于上身是倾伏着的，金枝胸脯的影子便犹如人在月光下看到了两只倒挂着的梨。根鸟的心一下子一下子地蹦跳着。他将脸侧过，对着门口。

4

　　根鸟还是天天晚上去看金枝的戏。看完戏，根鸟总是转来转去地想到金枝的房里去看她。而金枝也似乎很喜欢他去看她。两人总要呆到很久，才能依依不舍地分开。

　　班主看在眼里，在心中冷笑：蛮好蛮好，将这小子的钱袋掏空了，再叫他滚蛋。

　　根鸟的钱袋越来越瘪了。那原是一个鼓鼓囊囊的钱袋。杜家的工钱是很丰厚的，他在前些日子又赢了不少钱。但现在已经所剩无几了。

　　根鸟终于不能再去看金枝的戏了。

　　根鸟不顾金枝的劝说，又去了赌场。但这一回，却几乎将他输尽了。被赌场上的人赶出来之后，他将剩下来的一点钱，全都拍在了酒店的柜台上。

根鸟摇晃着回到客店,但未能走回自己的房间,就在楼梯上醉倒了。

金枝闻讯,急忙跑下来,将根鸟的一只胳膊放在她的脖子上,吃力地架着他,将他朝楼上扶去。他在蒙眬中觉得金枝的脖子是凉的。他的脑袋有点稳不住了,在脖子上乱晃悠。后来索性一歪,靠在金枝的面颊上。他感到金枝的两颊也是凉的。他闻到了一股气味,他从未闻到过这样的气味——女孩儿的气味。他的心底里,似乎还有那么一点清醒的意识。但这一点清醒的意识,显得非常虚弱,不足以让他在此刻清晰起来。他就这样几乎倒在金枝身上一般,被金枝架回到她的房间里——根鸟因交不起房钱,就在他出去喝酒时,女店主已让人将他的房间收回了。

根鸟被金枝扶到床上。他模模糊糊地觉得,金枝用力地将他的脑袋搬到枕头上。金枝给他脱了鞋。她大概觉得他的脚太脏了,还打来了一盆热水,将他的脚拉过来,浸泡在热水里。她用一双柔软但却富有弹性的手,抓住他的脚,帮他洗着。那种感觉很特别,从脚板底直传到他的大脑里。他有点害臊,但却由她洗去。

根鸟醒来时,已是第二天的早晨。当他发现自己是睡在金枝的床上时,感到又羞又窘。

此时,金枝趴在椅背上,睡得正香。

根鸟怔怔地望着她,心中满是愧意。他轻轻地下了床,穿上鞋,看了金枝一眼,轻轻地叹息了一声,开了门,走了出去。

他已什么也没有了。

他又回头看了一眼楼上金枝的房间,走出客店。他从大树上解下白马,跳上马背,双脚一敲马腹,白马便朝小城外面的草原飞奔而去。

初冬的草原，一派荒凉。稀疏的枯草，在寒风中颤抖。几只苍鹰在灰色的天空下盘旋，企图发现草丛中的食物。失去绿草的羊与马，无奈地在寒风里啃着枯草。它们已不再膘肥肉壮，毛也不再油亮。变长了的毛，枯涩地在风中掀动着，直将冬季的衰弱与凄惨显示在草原上。

根鸟骑着白马，在草原上狂奔。马蹄下的枯草，纷纷断裂，发出一种干燥的声音，犹如粗沙在风中的磨擦。

马似乎无力再跑了，企图放慢脚步，但根鸟不肯。他使劲地抽打着它，不让它有片刻的喘息。马已湿漉漉的了，几次腿发软，差一点跪在地上。

前面是一座山岗。

根鸟催马向前。当马冲上山岗时，根鸟被马颠落到地上。他趴在地上，竟一时不肯起来。他将面颊贴在冰凉的土地上，让那股凉气直传到焦灼的心里。

马站在山岗上喘息着，喷出的热气在空气中形成淡淡的白雾。

根鸟坐起来，望着无边无际的草原，心中感到了从未有过的孤独。

就像这冬季的草原一样，根鸟已经空空荡荡什么也没有了。他觉得他的心空了。

中午时，阳光渐渐强烈起来。远处，在阳光与湖泊反射的光芒的作用下，形成了如梦如幻的景象。那景象在变化着。根鸟说不清那些景象究竟像什么。但它们却总能使根鸟联想到什么：森林、村庄、宫殿、马群、帆船、穿着长裙的女孩儿……那些景象是美丽的，令人神往的。

根鸟暂时忘记了心头的苦痛，痴迷地看着。

太阳的光芒渐弱，不一会儿，那景象便像烟一样，在人不知不觉之中飘散了。

根鸟的眼前，仍是一片空空荡荡。

冷风吹拂着根鸟的脑门。他开始从多年前的那天见到白色的鹰想起，直想到现在。当空中的苍鹰忽地俯冲而下去捕获一只野兔却未能如愿、只好又无奈地扯动自己飞向天空时，根鸟终于开始怀疑自己是不是成了幻觉的牺牲品。

根鸟想起了父亲，想起了在火光中化为灰烬的家，想起了在黑矿里的煎熬，想起了被他放弃了的米溪与秋蔓，想起了一路的风霜、饥饿与种种无法形容的苦难，想起了自己已孑然一身、无家可归，他颤抖着狂笑起来。

终于笑得没有力气之后，他躺倒在地上，两眼直勾勾地望着天空，在嘴中不住地说着：你这个傻瓜，你这个傻瓜……

他恨那个大峡谷，恨紫烟，恨梦——咬牙切齿地恨。

根鸟已彻底厌倦了。

根鸟要追回丢失的一切。

他骑上马，立在岗上，朝莺店望了望，将马头掉向东方。

他日夜兼程，赶往米溪。

根鸟后悔了对米溪的放弃——那是一个多么实实在在的地方！后悔对秋蔓的背离——有什么理由背离那样一个女孩儿？

根鸟觉得自己忽然变得单纯与轻松了。他终于冲破梦幻的罗网。他从空中回到了地上。他觉得自己开始变得实在了。他有一种心灵遭受奴役之后而被赎身回到家中的感觉。

马在飞跑，飞起的马尾几乎是水平的。

一路上，他眼前总是秋蔓。他知道，杜家大院是从心底里想接纳他的。

这天早晨，太阳从大平原的东方升起来时，根鸟再一次出现在米溪。

米溪依旧。

根鸟没有立即回杜家大院——他觉得自己无颜回去。他要先找到湾子他们，然后请他们将他送回杜家大院。他来到大河边。湾子他们还没来背米。他在河边上坐下望着大河，望着大河那边炊烟袅袅的村庄。

河面上，游过一群鸭子。它们在被关了一夜之后，或在清水中愉快地撩水洗着身子，或扇动着翅膀，将河水扇出细密的波纹。它们还不时地发出叫唤声。这种叫唤声使人觉得，这里的一切都是令人惬意的。有船开始一天的行程，船家在咳嗽着，打扫着喉咙，好让自己有神清气爽的一天。对岸，一只公鸡站在草垛上，冲着太阳叫着。狗们也不时地叫上一声，凑成了一份早晨的热闹。

米溪真是个好地方。

湾子他们背米来了。

根鸟坐在那儿不动，他并无让他们忽生一个惊奇的心思，而只是想让湾子他们并不惊乍地看到他根鸟又回来了——他回来是件自然的事情。

湾子他们还是惊奇了："这不是根鸟吗？""根鸟！""根鸟啊！"

根鸟朝他们笑笑，站了起来。他要使他们觉得，他们的一个小兄弟又回来了。

湾子望着根鸟："你怎么回来了？"

根鸟依旧笑笑："回来背米。"

根鸟与湾子他们一起朝码头走去。一路上，湾子他们说了许多话，但不知为什么，就是没有谈到杜家。当湾子打算上船背米时，根鸟问道："老爷好吗？"

湾子答道:"好。"

根鸟又问:"太太好吗?"

湾子答道:"好。"

根鸟就问到这里。他在心里希望湾子他们能主动地向他诉说秋蔓的情况。然而,湾子他们就是只字不提秋蔓。等湾子已背了两趟米之后,根鸟终于憋不住了,问道:"秋蔓好吗?"

湾子开始抽烟。

其他的人明明也已听到了根鸟的问话,却都不回答。

湾子吸了几口烟,问道:"根鸟,告诉大哥,你是冲秋蔓回米溪的吗?"

根鸟低头不语。

湾子说:"你怎么现在才回来?"

根鸟疑惑地看着湾子。

湾子说:"秋蔓已离开米溪了。"

"离开米溪了?"

"半个月前,她进城了。"

"还去读书吗?"

"她嫁人了,嫁给了她的一个表哥。"

根鸟顿觉世界一片灰暗。

湾子他们全都陪着根鸟在河边上坐了下来。

根鸟似乎忘记了湾子他们。他坐在河边上,呆呆地望着河水中自己的影子。早晨的河水格外清澈。根鸟看到了自己的面容:又瘦又黑的脸上,满是疲倦;双眼似乎落上了灰尘,毫无光泽,也毫无生气。

根鸟无声地哭起来。

当他终于清楚了自己的处境时,他站了起来,对湾子他们说:"我该走了。"

湾子问:"你去哪儿?"

　　根鸟说:"去莺店。"

　　湾子说:"你不去杜家看一看?"

　　根鸟摇了摇头,说:"不要告诉他们我回过米溪。"他与那一双双粗糙的大手握了握之后,走向在河坡吃草的马。

　　湾子叫道:"根鸟!"

　　根鸟站住了,望着湾子:有事吗?

　　湾子从口袋里掏出一些钱来,放在根鸟的手上。

　　根鸟不要。

　　湾子说:"我看到你的钱袋了。"

　　其他的人也都过来,各自都掏了一些钱给了根鸟。

　　根鸟没有再拒绝。他将钱放入钱袋,朝湾子他们深深地鞠了躬,就跑向白马,然后迅捷地又离开了米溪。

　　当马走出米溪,来到旷野上时,根鸟骑在马背上,一路上含着眼泪唱着。他唱得很难听。他故意唱得很难听:

　　　　莲子花开莲心动,
　　　　藕叶儿玲珑,
　　　　荷叶儿重重。
　　　　想当初,
　　　　托你担水将你送;
　　　　到如今,
　　　　藕断丝连有何用?
　　　　奴比作荷花,
　　　　郎比作西风。
　　　　等将起来,
　　　　荷花有定风无定,

荷花有定风无定……

他急切地想见到金枝。

他回到了莺店之后，先交了钱，又住进了戏班子住的客店。他没有去看金枝，而是上街洗了澡，理了发，并且买了新衣换上。在饭馆里吃了饭后，他早早地来到了戏园了。

金枝直到上台演出后，才看到焕然一新的根鸟。她不免感到惊讶，动作就有点走样，但很快又掩饰住了。

后来的那些日子，根鸟又像往常一样，白天去赌场，晚上去泡戏园子。他根本不管自己身上一共才有多少钱，一副今朝有酒今朝醉的样子。

"你离开莺店吧。"这天夜里，金枝恳切地对他说。

"不。"

"走吧，快点离开这儿吧。"金枝泪水盈盈。

依然还是一道幔子隔着。根鸟只想与金枝呆在一起。他已无法离开金枝。如今的根鸟在孤独面前，已是秋风中的一根脆弱的细草，他害怕它，从骨子里害怕它。漫长的黑夜里，他已不可能再像从前，从容地独自露宿在街头、路边与没有人烟的荒野上了。他要看到金枝房间中温暖的烛光，看到她的身影，听到她微如细风的呼吸声。金枝一举手，一投足，一个微笑，一声叹息，都能给他以慰藉和生趣。

然而，他又没有钱了。

金枝拿出自己的钱来，替他先付了客店的房费和泡戏园子的钱。但没过几天，她终于也付不起了。

晚上，痴呆呆的根鸟只能在戏园子的门外转悠着。他急切地想进去，其情形就像一只鸡到了天黑时想进鸡笼而那个鸡笼的门却关着,急得它团团转一样。

他终于趁看门人不注意时,偷偷地溜进了戏园子。他猫着腰,走到了最后面,然后一声不响地站在黑暗里。

开始,戏园子里的人也没有发现他。等上金枝的戏了,才有人看到他,于是就报告了班主。

班主发出一声冷笑,带了四五个人走过来,叫他赶快离开。

台上,金枝正在唱着,根鸟自然不肯离去。

"将他轰出去!"班主一指根鸟的鼻子,"想蹭戏,门也没有!"

那几个人上来,不由分说,将根鸟朝门外拖去。根鸟拼命挣扎。

班主道:"他再不出去,就揍扁他!"

其中一个人听罢,就一拳打在了根鸟的脸上。根鸟的鼻孔顿时就流出血来。

台上的金枝看到了,就在台上一边演戏,一边在眼中汪满泪水。

根鸟终于被赶到了门外。他被推倒在门前的台阶上。

天正下着大雪。

根鸟起来后,只好离开了戏园子。他牵着马走在莺店的街上。他穿着单薄的衣服,望着酒店门前红红的灯笼,只能感到更加寒冷——寒冷到骨头缝里,寒冷到灵魂里。他转呀转的,在戏园子散场后,又转到了那个客店的门前。他知道,这里也绝不会接纳他了。但他就是不想离开这儿。他牵着马,绕到了房屋的后面。他仰头望去,从窗户上看到了金枝屋内寂寞的烛光。

不一会儿,金枝的脸就贴到了窗子上。

班主已经交代金枝:"不要让那个小无赖再来纠缠了!"

他们只能在寒夜里默默地对望。

第二天,根鸟牵着马,在街上大声叫唤着:"卖马啦! 卖马啦! 谁要买这匹马呀!"

这里是草原,不缺马。但,这匹白马,仍然引得许多人走过来打听价钱:这实在是一匹难得的好马。这里的人懂马,而懂马的结果是这里的人更加清楚这匹马的价值。他们与根鸟商谈着价钱,但根鸟死死咬住一个他认定的钱数。他心里比任何人都清楚这是一匹什么样的马。它必须有一个好价钱。他不能糟踏这匹马。他的心一直在疼着。他在喊卖时,眼中一直汪着泪水。当那些人围着白马,七嘴八舌地议论它或与他商谈价钱时,他对他们的话都听得心不在焉。他只是用手不住地抚摸着长长的马脸,在心中对他的马说:"我学坏了。我要卖掉你了。我是这个世界上最没良心的人……"

马很乖巧,不时伸出软乎乎、温乎乎的舌头舔着他的手背。

直到傍晚,终于才有一个外地人肯出根鸟所要的价钱,将白马买下了。

白马在根鸟将缰绳交给买主时,一直在看着他。它的眼睛里竟然也有泪。

有那么片刻的时间,根鸟动摇了。

"到底卖还是不卖?"那人抓着钱袋问。

根鸟颤抖着手,将缰绳交给那个人,又颤抖着手从那个人手中接过钱袋。

那人牵着白马走了。

根鸟抓着钱袋,站在呼啸的北风里,泪流满面。

5

春天。

草原在从东南方刮来的暖风中,开始变绿。空气又开始变得湿润。几场春雨之后,那绿一下子浓重起来,整个草原就如同浸泡在绿汁里。天开始升高、变蓝,鹰在空中的样子也变得轻盈、潇洒。野兔换了毛色,在草丛中如风一般奔跑,将绿草犁出一道道沟痕来。羊群、牛群、马群都变得不安分了,牧人们疲于奔命地追赶着它们。

莺店的赌徒、酒徒们,在这样的季节里,变得更加没有节制。他们仿佛要将被冬季的寒冷一时冻结住的欲望,加倍地燃烧起来。

莺店就是这样一座小城。

根鸟浑浑噩噩地走过冬季,又浑浑噩噩地走进春季。

这天,金枝问根鸟:"你就不想去找那个紫烟了吗?"

根鸟从他的行囊中翻到那根布条,当着金枝的面,推开窗子,将布条扔出窗口。

布条在风中凄凉地飘忽着,最后被一棵枣树的一根带刺的枝条勾住了。

金枝却坐在床边落泪:"我知道,其实你只是觉得日子无趣,怕独自一人呆着,才要和我呆在一起的。"

根鸟连忙说:"不是这样的。"

"就是这样的。你心已经死了,只想赖活着了。"

根鸟低着头:"不是这样的。"

金枝望着窗外枣树上飘忽着的布条,说道:"不知道为什么,这些天,我竟觉得那个大峡谷也许真是有的……"

根鸟立即反驳道:"没有!"

金枝没有与他争执,楼下有一个女孩儿叫她,她就下楼去了。

根鸟的脑子空洞得仿佛就只剩下一个葫芦样的空壳。他走到窗口,趴在窗台上,望着窗外的小城。那时,临近中午的太阳,正照着这座小城。一株株高大的白杨树,或在人家的房前,或在人家的房后蹿出来,衬着三月的天空。根鸟觉得天空很高很高,云彩很白很白。他已有很长时间不注意天空了,现在忽然地注意起来,见到这样一个天空,心中不禁泛起了小小的感动。

一群鸽子在阳光下飞翔,使空中充满了活力。

他长时间地站在窗口。那根布条还被树枝勾着。它的无休止的飘动,仿佛在向根鸟提醒着什么。

过了不一会儿,金枝回来了,说:"昨晚上,客店里来了一个怪怪的客人。"

"从哪儿来的?"根鸟随意地问道。

"不知道。那个人又瘦又黑,老得不成样子了,怪怕人的。他到莺店,已有好多日子了,一直在帮人家干活。前天,突然觉得自己身体不行了,才住到这个店里。他想在这里好好养上几天,再离开莺店。但依我看,那人怕是活不长了。你没有见到他。你见到他,也会像我这样觉得的。"

两人说了一会儿那个客人。

但这天夜里散戏回来,根鸟心中不知想到了什么,突然对金枝说道:"我忽然想起一个人来。你说说,那个住在楼下的客人,个儿多高?"

"细高个儿,高得都好像撑不住似的,背驼得很。"

根鸟急切地问了那人的脸形、眼睛、鼻子、嘴巴以及其他情况。在金枝一一作了描述之后，根鸟疑惑着："莫不是板金先生？"

　　"谁叫板金先生？"金枝问。

　　根鸟就将他如何认识板金先生以及有关板金先生的情况，一一道来。

　　这天夜里，根鸟没有睡着。天一亮，他就去看那个客人。

　　客人躺在床上，听到了开门声，无力地问道："谁呀？"

　　根鸟一惊。这声音虽然微弱，而且又衰老了许多，但他还是听出来了像谁的声音。他跑过去，仔细看着那个人的面容。根鸟的嘴唇开始颤抖了："板金先生！"

　　客人听罢，用细得只剩一根骨头的胳膊支撑起身体："你是……"

　　"我是根鸟，根鸟呀！"

　　"你是根鸟？根鸟？"

　　根鸟点着头，眼泪早已汪满眼眶。

　　板金先生激动不已。他要起来，但被根鸟阻止了："你就躺着吧。"

　　"我们打从青塔分手，已几年啦？"板金问道。

　　"好几年了。"

　　"你已是大人了。你连声音都变了。"板金抓着根鸟的手，轻轻摇着说。

　　根鸟觉得板金真是衰老得不行了：他就只剩下一副骨架了。根鸟担心一阵风就能把他吹跑。根鸟还从未看到过如此清瘦的人，即使父亲在去世前，也没有清瘦得像他这副样子。根鸟心中不禁生出一股怜悯来。

　　根鸟在板金的床边坐下，两人互相说着分别之后的各自的情形,仿佛有无穷无尽的话儿要说。

过了两天,板金才问根鸟:"你怎么呆在莺店不走了?"

根鸟没有回答。

板金让根鸟将他扶出客店,来到门外的一处空地上,在石凳上坐下,说:"其实,你的事,我早在住进这家客店之前,已从这个城里的一些人那里多多少少地听说了。整个这座城,都常常在谈论你。你学会了赌博,你学会了喝酒,常常烂醉如泥地倒在街上。你还和一个唱戏的女孩儿……"

"我只是愿意和她呆在一起。"根鸟的脸红了。

"其实,你心里并不一定就喜欢那个女孩儿。你是害怕孤独。你只是想在这里从此停住。你是不想再往前走了。你存心想让自己在这里毁掉。"板金失望地摇了摇头,用枯枝一样的指头指着根鸟,长长地叹息了一声,"你呀……"

根鸟倚在一棵树上,无言以答。

"从前,你什么也不怕。千里迢迢,你独自一人走在路上。但你挺着脊梁。因为,你心里有个念头——那个念头撑着你。而如今,这个念头没有了,跟风去了,你就只想糟践自己了……"板金说,"你不该这样的,不该。"

根鸟眼中大滴地滚出泪来。

"你长途跋涉,你死里逃生,你一把火将你的家烧成灰烬,难道就是为了到莺店这个地方结束你自己吗?你真傻呀!"

板金已不可能再大声说话了。但就是这微弱的来自他内心深处的话,却在有力地震撼着根鸟。他心头的荒草,仿佛在急风中起伏倾倒,并发出金属般的声响。

"晚上睡觉时,闭起你的双眼,去想那个大峡谷吧!"

整整一天,根鸟都在沉默中。

黄昏时,他又站到房间的窗口。他看见那根布条还在晚风中飘动着,它仿佛在絮语,在呼唤着他。

就在这天夜里,久违了的大峡谷又来到了他的梦中——

大峡谷正是春天。那棵巨大的银杏树,已摇动着一树的扇形的小叶,翠生生的。百合花无处不在地开放着,整个大峡谷花光灿烂。白鹰刚换过羽毛,那颜色似乎被清冽的泉水洗过无数遍,白得有点发蓝。它们或落在树上,或落在草地上,或落在水边。几只刚会飞的雏鹰,绕着银杏树,在稚嫩地飞翔。一条溪流淙淙流淌,水面上漂着星星点点的落花。

银杏树下的那个棚子上,此时插满了五颜六色的花。

当紫烟终于出现时,根鸟几乎不敢相认了:她竟然出落成那样一个亭亭玉立的少女。

甘泉、果浆、湿润的空气,给了她美丽的容颜。风雪、寒霜,倒使她变得结实了。或许是她已经习惯了,或许是她不再抱有离开大峡谷的希望,她倒显得比从前安静了。这里有花,有鹰,有叮咚作响的泉水,有各色鸟儿的鸣啭,她似乎已经能够忍受这里的寂寞了。原先微皱的眉头,已悄然舒展,眼睛里的忧伤也已深深地藏起。显露在阳光下的,更多的是清纯之气与一个女孩儿才有的柔美。

她一回头,看见了根鸟,害羞便如一只小鸟从她的脸上轻轻飞过。她望着根鸟,含情脉脉。

她的手腕上戴着她自己做的花环。

峡谷里有风,撩着她一头的秀发。那头发很长,像飘动的瀑布。

有雾,她在雾里时隐时现。

她已是绿叶下一枚即将成熟的果子。但最终,根鸟仍然从她的眼睛里看到了她的软弱、稚嫩与深情而悲切的呼唤。

根鸟醒来时,窗外正飘着一弯月亮。

根鸟没有将梦告诉金枝,也没有将梦告诉板金。但他自己却一连两天,都在回想着那个梦。

几天后的早晨,板金对根鸟说:"我又要上路了。"

根鸟不说话。

板金只是用眼睛望着根鸟:难道你不想与我同行吗?

根鸟依然没有任何表示。

板金叹息了一声,背着他的行囊,吃力地走了。他实际上已经无力再走了,但他还是用尽最后的力气走上了西去的路。

根鸟望着他的背影,心头一阵发酸。

板金走后不久,根鸟爬上枣树,摘下了那根布条⋯⋯

6

这天中午,板金在离开莺店四五里的地方,坐在路边一块石头上喘息。他掉头回望走过的路,看到了一个背着行囊的人正朝他这边走来。"根鸟! 根鸟!"他在心中念着根鸟的名字,"他到底还是来了!"

根鸟赶上来了。他朝板金笑笑。

板金站起来,将胳膊放在根鸟的肩头,用尽力气搂了搂他,一句话也没有说。

他们继续西行。根鸟扳了一根树枝,给板金当拐棍,还在一旁扶着他。两人唱着歌,一起走在旷野上。

三天后,他们走到了草原的边缘。他们看到了隐隐约约的大山。其中一座最高的山,当太阳冲出云雾时,山头便呈现出皑皑白雪。它使天地间显出一派静穆。而当云雾又席卷过来,它梦幻一般沉没时,又给天地间造出一片神秘。

气温开始下降,风也大了起来。

板金在眺望这山时,双腿一软,拐棍从无力的手中脱落,一下摔倒了。

根鸟连忙甩掉行囊,单腿跪下,用胳膊托住板金的后背:"你怎么了,板金先生?"

板金企图挣扎起来,但已没有一点力气。他颤动着干焦的嘴唇:"就让我在地上躺一会儿。"

根鸟守候在板金的身旁,看着远山在阳光与云雾中的变幻。

板金闭着双眼说:"你要走下去。你离大峡谷已经不远了。一路上,我一直在帮你打听那个长满百合花的大峡谷。有的,不远啦,不远啦……"

根鸟向板金,也向远山,坚定地点点头。

黄昏即将来临时,板金让根鸟将他扶起,靠在一棵枝叶繁茂的大树的树干上。他的眼皮吃力地抬起来,露出一对浑浊的眼睛。他困难地呼吸着,但他努力以一种不变的姿态靠在大树上。

"躺下吧。"根鸟说。

"不,让我就这样站着。"板金没有看根鸟,只眺望着远方,"我已走到尽头了……"

"不,板金先生,我们一起走!"

"我得留在这儿了。"板金的双眼渐渐合上,"知道吗? 我已离梦不远了。我都隐隐约约地看见那群小鸟了,亮闪闪的,像金子一样在天边飞着。"他欣喜但又不免遗憾地说道。

"板金先生……"

板金说:"那天,走出家门时,我对我妻子说过,十年后还听不到我的消息,你就该让儿子上路了。他已经上路了,我都已听到他的脚步声了……"他微笑着,眼角渗出两滴泪珠来。

"板金先生……"

"你是我这一辈子见到过的最可爱的男孩儿。记住我,孩子!"板金慢慢举起胳膊,指着前方,"往前走吧,这是天意!"他顺着树干滑落了下去。

根鸟将板金的行囊打开,将褥子铺在树下,然后将他已经变凉的躯体抱到褥子上,并将他放好。他面容安详,像是睡着了。

根鸟从周围的草坡、水边采来了无数的香草与鲜花,堆放在板金身体的四周——他几乎被香草与鲜花淹没了。

天黑了。根鸟没有离开板金。他在大树下坐下,守着板金。他觉得四周的树林都在为板金肃立。他一点也不感到害怕,在夜风中,一边啃着干粮,一边在嘴中呜呜噜噜地唱着悲哀的歌。那歌是送板金上路的。那路铺满银子一样的月光,板金飘飘然地走着。根鸟在心中为这个好人祝福——祝福他一路平安。

后来,根鸟就睡着了。

根鸟醒来时,霞光在草原的东方已如千万只红鸟飞满天空。他揉着眼睛,定睛西望时,心禁不住颤抖起来:他的白马立在西去的路上! 他怀疑自己处在幻觉里,使劲地眨着眼睛,但白马依然还立在那里:它一身霞光,威武之极,英俊之极。他站起来,拍了一下巴掌。白马闻声,对着寂寂无声的旷野长鸣一声,随即一摇尾巴,得得得地跑过来。

根鸟也朝白马跑去。

白马围着根鸟绕了两三圈,并不时地用颈磨擦着他的身子。

根鸟一下紧紧地抱住了马头。

太阳颤悠悠地升上来了。这颗巨大的万古不衰的生命，顿时给这个世界带来隆隆的轰响，使天地间的万物一下子获得了勃勃生机。

偌大一片草原，成了一张没有边际的毛茸茸的金毯。远山在阳光下，渐渐显现出来，将一股豪迈、崇高之气，浸润着根鸟的整个身心。林中的小鸟纷纷飞出，飞到草原上，飞进阳光里，使空中变得喧闹非常。

根鸟背起行囊，骑上马背，在马上朝板金鞠了一躬，看了他最后一眼，掉转马头，迎着大山飞驰而去。

十天后，他走进崇山峻岭。山磊磊，石崖崖。他似乎走进了永远也不能走出的群山。他已一连四五天，没有看到行人了。但他已经又习惯了这种孤旅。实在觉得寂寞时，他就会在群山间大喊大叫。喊叫声在山间撞来撞去，仿佛有无数的人在喊叫。

根鸟感觉到马一直在走向高处，仿佛要走到天上去。

马总是走在悬崖边上。有时候，根鸟觉得根本无路可走，可马却就是走了过去。悬崖下的山涧，流水哗哗。水鸟在山涧飞来飞去，伺机捕捉水中的游鱼。常常遇到塌方，但白马三下两下，就飞腾到塌方之上。根鸟知道，有这匹马，他实际上什么也不用害怕。他一路上倒是很快乐地看着风景。这些风景教他惊讶，教他感叹。有一片竹林原是长在山坡上的，后来塌方了，竟然整片地滑落到山涧中，又居然在山涧的激流中翠生生地长着，还有鸟在竹枝上鸣叫。他便让马停住，呆呆地看着这片水中的竹林。有一个山沟，长满了一种白色的树木，但却飞满了黑色的蝴蝶。那蝴蝶受了惊动，简直如黑色的雪花飘满了天空。根鸟免不了又要让马慢些走，好让他将这个奇异的世界看个够……

这一天，他骑着马走进了一座古老的树林。这座树林很大。使他感到惊奇的是，这些树木，竟然没有一株是有叶子的，一律都是赤裸裸的，只有枝干。更使他感到惊奇的是，就是在这些黑色的树枝上，却晾着一种毛茸茸的丝状物。它们是淡绿色的，像女孩儿用的绿头绳。它们无根无须，却又显出一番鲜活，在林子间到处飘动着。远远地看，像绿色的云，而走近了看时，又觉得林子里正下着绿色的雨——这雨只落了一半，就在空中摇摇晃晃地停住了。

根鸟竟然在这样的林子里走了一个上午。

这些天来，他总有一种异样的感觉。随着攀援高度的增加，这种感觉愈来愈强烈。他时不时地会有一种莫名其妙的激动与兴奋，仿佛有什么事情就要发生一般。走在这片林子里时，他的心几次在他不留意时，忽然地扑通扑通地跳起来。他隐隐约约地感觉到前方似乎有什么特别重要的东西要向他展开，其情形就像久居黑暗小屋中的人，似乎透过窗棂，觉察到了曙光即将来临。

走出林子之后，世界忽然变得豁然开朗。山已高耸入云，但一眼望去，却是一片平坦的草地——高山顶上的草地。说是草地，也不见太多的草，倒是各种颜色的花开了一地。根鸟从未想到过，这个世界上会有如此鲜艳动人的花。这种花，大概只有在如此高的地方，才能开成这样。

根鸟催马往草地边沿跑去。他很快看到了一个他从未见到过的大峡谷。他低头一看，感到不寒而栗：那峡谷之深，似乎深不见底，只见下面烟雾缭绕。屏住呼吸细听，倒也能隐隐约约地听到流水声，但这遥远的流水声只是更让人觉得这峡谷实在太深。他不禁掉转马头，让马离开悬崖的边缘。

马走了不一会儿，根鸟忽然发现了星星点点的百合花。

这种百合花,他似乎见到过。马越往前走,百合花就越多,到了后来,就其他什么花也没有了,漫山遍野开的全都是百合花。他一拉缰绳,又让马走向悬崖的边缘。这时,他看到那百合花竟沿着悬崖,一路朝谷底长下去,从峡谷底飘起浓浓的百合花的香气。

谷底虽然烟雨濛濛,但根鸟却在眼中分明看到了百合花正在谷底的各处盛开着。

根鸟垂挂在马的两侧的腿开始颤抖起来——他想控制住,却控制不住。

根鸟不敢相信他认识这个大峡谷——他怎么也不敢相信。然而,他的眼前,却不可抗拒地闪现着他已多次在梦中见到的那个大峡谷。他看到了那棵巨大的银杏树,他的耳边甚至响着那些扇形小叶在风中摇摆、磨擦而发出的雨一样的沙沙声。

他对这里居然没有陌生的感觉,像是重返故地——离去太久的故地。

他疑惑了,慌乱了,几乎不能自持了。他四下环顾,想见到一个人,好向那人问上一声:这里是哪儿?

但四周却空无一人。

就在他的双腿不停地抖索时,他忽然听到峡谷的半空中传来了几声鹰叫。“鹰! 我听到过这种声音!”这时,轮到他的双手颤抖了,松弛着的缰绳在手中簌簌抖动,不停地打着马的脸部。

凄厉的鹰叫声在峡谷中回荡着。

根鸟朝谷底专注地看着。不一会儿,他看到了乳白色的烟雾里,闪动着一个与烟雾的颜色稍有不同的白点。紧接着,又有几个白点在烟雾里飘动起来,其情形像是几张白纸片儿在风中飘动。其中一张白纸片儿,以快得出奇的速度往上飘来,转眼间,便飞出了烟雾。

"鹰!白色的鹰!"根鸟的心颤抖起来。

明明白白,就是一只白色的鹰。紧接着,第二只,第三只,第四只白色的鹰也都相继飞出了烟雾。它们朝上空升腾着。它们一忽儿聚拢,一忽儿又分开,峡谷中的气流使它们无法稳定住自己。

当时,太阳灿烂辉煌。根鸟觉得他从未见到过这么大的太阳。

阳光潮水般倾泻到峡谷里。

根鸟看到白鹰的身上洒满了阳光,纯洁的羽毛闪闪发亮。它们转动着脑袋,因此,被阳光照着的眼睛便如同夜晚草丛中的玻璃,一下一下地闪烁着亮光。那亮光是钻石的亮光。

根鸟痴迷地看着它们在气流中浮起——气流似乎在托着它们。

根鸟已经能够看到鹰的羽毛在风中的掀动了。他再往深处看时,只见一群白色的鹰,正从峡谷深处升腾起来。

当无数只白鹰在长空下优美无比地盘旋时,久久地仰望着它们的根鸟,突然两眼一阵发黑,从马上滚落到百合花的花丛里。

当山风将根鸟吹醒时,他看到那些白色的鹰仍在空中飞翔着。他让整个身体伏在地上,将脸埋在百合花丛中,号啕大哭……

图书在版编目（ＣＩＰ）数据

根鸟／曹文轩著.—2版.—南京:江苏少年儿童出版社,2005.4
ISBN 978 - 7 - 5346 - 2422 - 3

Ⅰ.根...　Ⅱ.曹...　Ⅲ.长篇小说　中国　当代
Ⅳ.I247.5

中国版本图书馆 CIP 数据核字(2005)第 024930 号

书　　名　曹文轩纯美小说系列
　　　　　　——根　鸟
出版发行　**凤凰出版传媒集团**(南京市湖南路 1 号 210009)
　　　　　　江苏少年儿童出版社(南京市湖南路 1 号 210009)
苏少网址　http://www.sushao.com
集团网址　凤凰出版传媒网 http://www.ppm.cn
印　　刷　**扬中市印刷有限公司**
　　　　　　(江苏扬中科技园区东进大道 6 号 212212)
开　　本　850×1168 毫米　　1/32
印　　张　6.125　　插页 3
版　　次　2005 年 4 月第 2 版　2009 年 2 月第 32 次印刷
书　　号　ISBN　978 - 7 - 5346 - 2422 - 3
定　　价　13.50 元
　　　　(图书如有印装错误请向出版社出版科调换)